개똥지빠귀를 위한 변론

너희가 똥을 아느냐?

| 이영균 지음 |

청어

개똥지빠귀를 위한 변론

이영균 지음

발행처 · 도서출판 **청어**
발행인 · 이영철
영　업 · 이동호
기　획 · 이설빈 | 김홍순
편　집 · 김영신 | 방세화
디자인 · 오주연
제작부장 · 공병한
인　쇄 · 두리터

등　록 · 1999년 5월 3일(제22-1541호)

1판 1쇄 인쇄 · 2010년 9월 20일
1판 1쇄 발행 · 2010년 9월 30일

주소 · 서울시 서초구 서초동 1588-1 신성빌딩 A동 412호
대표전화 · 586-0477
팩시밀리 · 586-0478

블로그 · http://blog.naver.com/ppi20
E-mail · ppi20@hanmail.net
ISBN · 978-89-94638-05-8　(03810)

개똥지빠귀를 위한 변론

contents

제2장 | **똥들의 반격**

Ⅰ. 개를 위한 변명

Ⅱ. 지적 모험 – 똥 칠갑 면하기

똥ㅣ들ㅣ의 회ㅣ귀(回歸)

똥은 더러운 것, 천한 것이다. 똥은 낮은 것이며, 추한 것이다. 똥은 무식한 것이며, 싫고, 미운 것이다. 똥은 나와 대립적 위치에 있는 것들을 가리키기도 한다. 그것이 사람이든, 이념이든, 종교든, 문화든 내키지 않는 것들을 싸잡아 똥이라고 한다.

모두들 똥을 버리려 하고, 무시하려 하고, 그로부터 떠나고 싶어 한다. 그러나 똥을 버리는 것은 세상의 반을 버리는 것이다. 벽 뒤의 세상. 내 등 뒤의 세계를 버리는 것과 마찬가지다. 그것은 존재의 반을 버리는 것이다. 그렇게 함으로 가벼워진 존재를 원하는가?

똥은 평등하다. 세상의 모든 똥은 평등하다. 똥은 지상에 존재하는 것 중에 유일하게 평등한 존재이다.

그러나 입으로 들어가는 음식물은 평등하지 않다. 진시황, 네로의 식탁은 얼마나 화려하였을까? 식도락가들의 밥상은 또 어떠하겠는가? 한편 수단의 난민, 에티오피아나 우간다의 빈곤한 토인들의 음식을 보라. 도저히 음식이라고 표현할 수 없는 것들에 삶을 의지하고 있는 그들을 보라. 온갖 산해진미가 모자라 엽기적이라고 해야 할 정도의 식도락에 탐닉하는 무리가 있는가 하면, 한 끼 식사에 눈물을 섞어 넘겨야 하는 기막힌 가난도 있다.

음식은 결코 평등하지 않다. 그러나 누가 먹었든, 무엇을 먹었든 똥은 모두 똥이다. 똥의 등급은 없다. 입으로 들어간 모든 것은 똥이 될 뿐이다. 가이사의 것이든, 모니카 벨루치의 것이든, 저 거리의 노숙자의 것이든 모든 똥은 다 똥일 뿐 그 이하도 그 이상도 아니다.

똥으로부터 자유로운 자는 아무도 없다. 우리의 삶은 똥과 더불어 시작되고, 똥으로 마무리된다. 똥을 싸고, 그 똥 사이에서 살고, 결국은 똥을 먹는 것이 삶의 구조다.

똥과 더불어 살았던 한국인들의 이야기. 그것 때문에 웃었고, 그것 때문에 화났고, 그것으로 분풀이하고, 그것으로 생을 이어온 우리의 이야기를 쓰고 싶었다. 너무나 깨끗하게 살아가는 현대인 특히 한국인들에게 그 더러운 것들, 천한 것들의 의미를 새기어보라는 마음으로 쓴 글이다.

깨끗한 세상! 단단한 세상! 메마른 세상!

똥이 이것들을 휘저어놓았으면.

돌아오라 똥이여! 세상은 진실하지 않구나.

돌아오라 똥이여! 세상은 평등하지 않구나.

돌아오라 똥이여! 세상은 평안하지 않구나.

처음부터 똥 이야기를 쓰려고 한 것은 아니었다. 그런데 왠지 사방에 똥이 있었다. 보이는 것마다 똥이었다. 도회의 한복판에서 거대한 똥들의 대오를 보았다. 끝없는 좌절과 위안의 반복 속에서 나 역시 한 점의 오물이었다. 전혀 똥이고 싶지 않은 군상들 틈에서 '너 똥이야.' 하는 것은 '나 개 맞아.' 하는 고백의 변주(變奏)일 뿐이었다. 놀부가 맞은 똥벼락을 우리도 매일 맞으며 그 속에서 뒹굴고 있는 것 같다. 차라리 보령 갯벌에서 머드팩하듯 그렇게 즐기며 웃을 일이다.

일명경인(一鳴驚人)의 목청을 가진 것도 아니다. 일격필살(一擊必殺)의 내공도 없다. 더구나 과골삼천(踝骨三穿)이니 위편삼절(韋編三絶)이니 하는 끈질김도, 열정도 없다. 다만 시들어 질겨진 시래기 같은 심줄과 평생 작게만 떠온 실눈으로 쬐끔 들여다본 세상 이야기일 뿐이다.

개똥지빠귀를 위한 변론

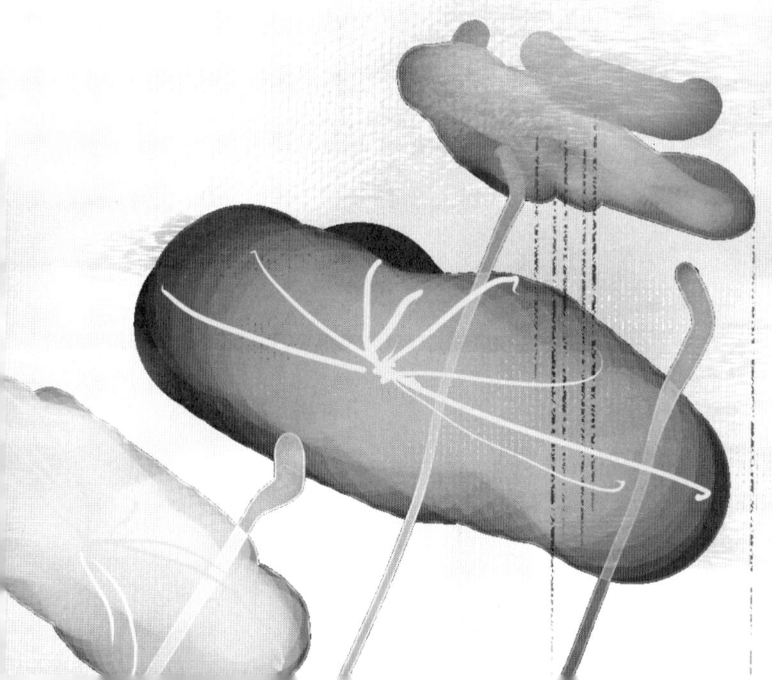

제1장

참을 수 없는 똥의 가벼움

I

진실의 똥

똥! 참을 수 없는 존재의 가벼움

에덴의 똥

이 시대 왜 우리는 똥을 갖고 씨름해야 하나? 똥은 우리에게 무엇인가? 똥과 신은 양립할 수 없는가? 왜 우리는 신과 같이 되어야 하며 또 우리는 똥과 같이 되어야 하는가? 똥에 대한 책임은 전적으로 인간을 창조한 신에게만 있는가?

인간은 평생 10톤 이상의 똥을 생산한다고 한다. 그리고 사람마다 차이가 심하지만 평생 100일 정도의 시간을 똥을 싸는 일에 소비한단다. 어마어마한 양과 시간이다. 최초의 인간 아담과 이브는 똥을 쌌을까? 쌌다면 지금처럼 더러웠을까? 우리는 존재의 근원에서 똥에 대한 추적을 시작할 수밖에 없다.

똥 때문에 죽은 사나이

똥 때문에 죽은 사람이 있다면 고개가 갸우뚱해지겠지만 정작 똥 때문에 죽은 자가 있다. 이아코프. 그 유명한 독재자 스탈린의 아들이다. 이아코프는 2차 세계 대전이 발발하자 곧 독일군의 포로가 되었다. 그는 영국군 장교와 같은 감옥에 수용되었다. 그들은 공동변소를 사용했는데, 이아코프는 배변 후에 늘 변소를 더러운 채로 내버려두었다. 영국군 포로들에게는 스탈린의 아들이라고 해서 신의 아들처럼 받들어야 할 이유가 없었다. 그들은 이아코프에게 자기들이 하는 것과 같이 변소를 깨끗이 치우라고 요구했다. 그러나 신의 아들처럼 특권에 젖어 있던 그는 그것이 그에 대한 모독이라고 여겼다. 자기 똥을 자기가 치우는 것은 위대한 권력자의 아들이 할 일이 아니라고 생각했기 때문이다. 영국군 포로들은 이아코프에게 비난도 하고 훈계도 하며 청소를 강요했다. 이아코프는 자신을 몰아붙이는 자들에게 극도의 적개심을 보이며 주먹다짐까지 하였다. 마침내 수용소 소장인 독일인에게 해결을 요청하였다. 하지만 자만심 꽉 찬 독일인 소장은 똥 싸움에 관여하길 원치 않았다. 이 위대한 독재자의 아들은 더 이상의 모욕을 참을 수 없었다. 그는 극도로 흥분하여 저주의 말을 퍼붓고는 고압 전류가 흐르는 수용소 철조망으로 달려갔다. 그러고는 마른오징어가 되었다. 그는 더는 영국인의 변소를 더럽히지 않게 되었다.

참을 수 없는 존재의 가벼움

밀란 쿤데라는 선데이타임즈의 기사를 인용하여 스탈린의 아들이 똥 때문에 죽은 것을 풍자하며 우리에게 존재에 대한 메시지를 띄워 보냈다. 스탈린의 아들은 똥을 위해 죽었다. 그의 죽음은 전쟁의 광범위한 바보짓 중에서 유일한 형이상학적 죽음이라고 우리를 웃겼다. 아니, 꼭 웃을 일만이 아니다. 쿤데라는 스탈린의 아들과 똥은 특권과 저주, 행운과 불운의 교체 가능과 인간 존재에서 그 양극단의 폭이 그렇게 넓지 않음을 보여준 것이라고 했다. 그는 한술 더 떠서 특권과 저주, 고상한 것과 천한 것 사이의 차이점은 없고, 신의 아들이 똥 때문에 심판받는다면 인간 존재는 그 부피를 잃고 참을 수 없는 가벼움 그 자체가 된다고 말한다.

드디어 똥이 형이상학적 존재로 격상되었다. 계속해서 밀란 쿤데라는 우리를 윽박지른다. 9세기 유명한 신학자 장 스코트 에리젠을 인용하여 '똥의 신학적 정당화'를 부르짖고 있다. 인간이 천국에 머무는 것이 허락된다면 인간은 똥을 싸지 않거나 똥을 혐오스러운 것으로 여기지 않거나 둘 중 하나일 것이다. 다시 말해 인간은 천국에서 추방되면서 똥을 싸기 시작하였거나 똥을 더러운 것으로 인식하기 시작하였다는 말이다. 이것은 성적 행동에 흥분이 따르는 것과 같은 맥락에서 언급한 것이다. 즉, 천국에서 인간이 쫓겨나오면서 성적 행위에 흥분이 보태졌다는 것이다. 그래서 무거운 것과 가벼운 것의 대결에서 참을 수 없는 존재의 가벼움을 인식하게 되는 것이다.

우리에게서 똥은 양면성을 가진, 즉 무거운 것과 가벼운 것으로 다가와 늘 우리를 우울하게 한다. 이제 변증법적 모순을 해결하자! 이 이후 더는 똥으로 인간이 고뇌하지 않도록 우리의 생각을 정리하자.

그런데 사실 우리의 삶 속에는 위의 글들에서 인용된 이야기들이 매우 소박하게, 그러면서도 간명하게 정리된 말들이 있다. 그리고 우리는 고귀한 것과 천한 것의 양면성과 그 통합에 대하여 진작 삶 속에서 정리해내고 있었다. 쿤데라의 현학적 췌사(贅辭)가 오히려 번거롭다.

'그 사람 똥만 안 싸면 부처지.'

똥과 부처의 양 극단이 인간의 삶 속에서 상존하고 있음을 우리는 진작 알고 있었다. 부처적인 것과 똥이 인간의 본래 모습이고, 우리는 그 양극 속에서 수없이 많은 혼란을 겪으며 그렇게 살아왔다. 또한 우리는 지식의, 지위의, 이념의 차이를 뛰어넘어 그 양자의 통합을 항상 희구해온 것이다. 특히 우리 한국인들의 의식세계 안에서 그것은 상존하였고, 그렇게 야단스러운 수사로 도색될 이유도 없었다.

프로이트의 똥

프로이트(Sigmund Freud)가 정신분석학에서 밝힌 똥에 대한 전대미문(前代未聞)의 접근은 낯설지만 새로운 성찰이었고, 매우 경이로운 해석이었다. 의식 또는 무의식의 세계를 분석한 그의 탁월한 시야는 날줄과 씨줄처럼 엮여 생성되어 가는 정신적 성장단계를 놀랍게 짚어내었다. 그는 항문으로 빠져나오는 똥에서

도 아기와 어른의 갈등관계가 시작되는 실마리가 있을 수 있다
고 보았다. 그것은 나중에 자아와 세계와의 갈등으로 진화된다
고 보았다.

그는 아기와 어른, 다시 말하면 아기와 세계가 똥을 두고 겪는
갈등관계가 본질적으로 원초아(id)와 초자아(super ego)와의 충돌
로부터 시작되는 것이라고 하였다. 인생에서 최초의 딜레마는
배설이고, 똥을 싸는 일을 통하여 인간의 삶에 가변적 동기가 나
타난다는 것이다. 배변이나 그 훈련에서 보이는 부모의 의식과
처리방법이 인간의 의식이나 잠재의식에 큰 영향을 끼친다고 보
았다.

리비도(libido)라는 본능적 또는 심리적 에너지가 잘못 이끌어
지거나 불충분하게 표출되면 여러 가지 정신의학적 징후가 나타
나게 된다고 한다. 프로이트가 말한 바로는 이러한 인간의 정신
적 에너지는 단계별 성적 욕구 또는 성적 에너지로서 최초의 구
순기(口脣期)를 지나 만 2세를 넘으면 항문기(肛門期)에 접어드는
데, 이때부터 똥으로 말미암은 갈등이 인간의 무의식 속에 자리
잡아 그의 정신세계에 반영되어 의식세계 속으로 나타나기도 한
다는 것이다.

프로이트 식으로 말하면 똥에 대한 인식 자체가 아기와 엄마
가 서로 다르다는 것이다. 아기와 엄마는 똥이 더러운 것이냐 아
니냐 하는 인식에서 차이가 있다. 아기는 똥을 더러운 것으로 인
식하지 않는 데 반하여 엄마는 더러운 것으로 인식한다. 아기는
똥을 싸기 전이나 싼 후에도 그것을 즐기는 쾌감을 느끼고, 엄마

는 더러운 오물을 빨리 치워야 하고 아기가 똥을 누는 습관을 빨리 익혀야 한다고 생각한다. 그래서 엄마의 생각 쪽이 강하게 작용하여 아기에게 그러라고 강하게 요구하게 되면 아기는 나중에 청결벽을 지니거나 작은 것에도 수치심을 갖게 된다고 한다. 반대로 아기들을 편하게 놔두면 아이는 나중에 과소비벽을 갖거나 다소 방만한 일상을 보인다고 한다.

사람이란 존재에게 있어서 스스로 의식조차 하지 않았을 때 받은 똥 싸는 훈련이 그의 일생을 지배하는 중요한 동인 중 하나가 되기도 한다니 똥, 정말 불가사의한 것이다. 선함과 추함의 그 어디에도 좌표를 잡을 수 없는 참 얄궂은 운명이 똥이다. 이것이 바로 밀란 쿤데라가 말한, 참을 수 없는 존재의 가벼움이란 말인가?

똥이란 이래저래 참 원초적인 것일 수밖에 없다. 삶을 얘기하는 데 있어 누가 똥을 제쳐둘 수 있을까? 똥도 제대로 모르는 것들이 감히 인생을 이야기한다고? 심히 두려워할 일이다.

남정현(南廷賢)의 「분지(糞地)」

*

1960년대의 어느 날 나는 남정현(南廷賢)이 재판받는 모습의 사진이 실린 신문을 보았다. 머리가 부스스하게 일어서 있고, 깡마르고 초췌한 모습의 한 소설가의 모습이 너무나 가슴을 아리게 하였다. 도수 높아 보임 직한 안경을 쓴 모습은 흑백사진 속에서도 파리하다 싶었다.

'우리 시대가 이 가여운 소설쟁이를 기어이 죽이려 하는구나. 그의 손에서 펜을 빼앗고, 그의 책상을 발길질하여, 잉크를 쏟고 원고지를 내팽개쳐야 이 시대의 속이 풀린단 말인가?'

그때 나는 그렇게 생각했다. 그러면서 자괴감과 분노를 동시에 경험하였다. 이 땅에 사는 지식인들과 이제 겨우 세상을 향해 고개를 내미는 초년병인 나의 처지를 돌아보고 한없이 절망하기도 했다. 그날은 어린 속에 학교 밑의 대폿집에서 혼자 막걸리를 들이켰다. 줄담배도 피웠다. 그러면서 시대와 지성인, 그리고 나에 대하여 가슴 시리게 고뇌하고 탄식하였다.

문학이 무엇을 할 수 있으며, 어디까지 말해야 하나? 왜 아픈 것을 아프다고, 더러운 것을 더럽다고, 불쌍한 것들을 불쌍하다고 말하면 안 되는가? 먹고사는 문제와 문학이 제대로 숨 쉬는 문제는 합일할 수 없는가? 나는 계속 문학을 하여야 하는가? 그렇다면 나의 문학의 지향점은 무엇인가? 나의 재주 없음과 의지의 박약함은 이럴 때 또 변명거리를 만들며, "더러워! 포기해버려!"라고 속삭이는 것이었다.

*

남정현의 「분지(糞地)」는 당시의 세상을 떠들썩하게 한 필화(筆禍) 사건을 불러왔다. 분지는 '똥 같은 놈의 땅' 이야기이다. '1960년대 최고의 사실주의 소설' 이라고 말하는 사람도 있었다. 그즈음에는 참여문학과 순수문학이 각을 세우고 요란한 수사로 자신을 변호하고 있었다.

남정현은 알레고리와 풍자로 현실의 여러 가지 모순을 고발했던 작가였다. 우리가 숨 쉬고 사는 이 땅을, 가진 자들의 추태로 가득한 오물의 땅으로 설정하였다. 그 소설에 등장하는 홍만수는 홍길동의 10대손임을 걸핏하면 내세운다. 다분히 현실 정치와 사회적, 윤리적 제현상을 풍자한 소설인 것이다.

'똥의 땅' 이라니. 똥만치 더러운 것을 잘 대변하는 상징물이 있겠는가? 인간들은 그 자신이 생산하는 유일한 원초적 생산물을 가장 더러운 것으로 이미지화시켜 놓았다. '똥 같은 놈', '똥 같다', 한술 더 떠 '개똥같다' 라고 말하면 참으로 더럽거나, 가소롭거나, 불행하거나, 개판인 인간이나 형국을 가리키는 말이다.

「수난이대」라는 하근찬의 소설에서 한쪽 팔이 잘린 외팔이인 아비 만도와 한쪽 다리가 잘린 아들 진수가 만났을 때 둘은 참으로 더러운 팔자를 가슴 파이게 앓으며, 진수의 입에서 "아버지 팔자도 참 똥 같다."라는 말이 나온다. '똥'은 기가 막힌 사연 앞에서도 튀어나오는 감탄사가 되어버렸다.

*

한자로 똥을 '분(糞)'이라고 쓰는데 이 글자가 참 재미있다. 똥 '분(糞)'이라는 글자를 파자하면 쌀 '미(米)'와 다를 '이(異)'로 나누어진다. 즉 똥 '분(糞)'은 쌀 '미(米)'와 다를 '이(異)'의 회의자(會意字)이다. 쌀이 달라진 것이 똥이다. 쌀이 입으로 들어가 그 색과 냄새와 모양과 습도가 전혀 다르게 변형된 것이 똥인 것이다.

인간이 언제부터 쌀을 주식으로 하였는지는 정확하게 고증되지 않았으나, 대개 5천 년 전에는 쌀농사를 짓고 쌀을 먹은 것 같다고 한다.

똥 분이라는 글자는 쌀을 주식으로 하고 난 후에 생성된 글자임이 분명하다. 들어갈 때에는 향기롭고, 아름답고, 맛깔스러웠던 것이 우리 몸속에서 변신하여 구리고 칙칙한 물건으로 나온다. 그러니 제 몸에서 나온 제 살붙이이건만 모두가 구박하고 꺼린다. 똥의 입장에서 보면 매우 억울할 일이다. 실컷 이용해먹고 차버린 형국이다. 말 그대로 똥 신세이다.

1967년 방영웅이 쓴 「분례기(糞禮記)」란 소설도 상당한 문제작이었다. 이 소설은 영화화되어 윤정희가 '똥례' 역을 열연하여 그 연기력의 원숙미를 자랑하기도 했었다. 가장 비참하게 태어나(변소에서 똥을 누다가 똥 무더기 위에 낳은 아이) 똥 같은 삶을 살다가 간 '똥례' 이야기는 우리에게 그렇게 낯선 이야기는 아니었다.

비참한 이 땅의 민초들의 이야기에는 늘 똥이 언급된다. 우리 시대에 더는 분례와 같은 삶이 없어야겠고, 그에 못지않게 바라는 바는 「분지」의 작가 남정현처럼 고통 받는 예술가가 없어야 할 것이다. 예술가가 마음대로 쓰지 못하고 그리지 못하고 제작하지 못하는 땅은 아무리 기름져도 좋은 나라가 될 수 없다.

우리에게는 밥도 중요하지만 자유와 예술혼도 매우 중요하다. 천 년 후에 우리의 자손들이 천 년 전의 조상들이 잘 먹고 잘 살았다더라 하는 것보다 어떠한 예술과 문화를 낳았었는가 하는 문제가 훨씬 중요하게 언급되는 이야기일 수도 있다는 것이다.

1965년 〈현대문학〉 3월호에 남정현은 「분지」를 발표했다. 그런데 이 작품이 그해 5월 8일, 북한 조선노동당 기관지 〈조국통일〉에 실린 것이 필화 사건의 발단이었다.

미 제국주의자들의 침탈을 받고 있는 남조선의 비참한 인민들의 삶을 증언한 작품으로 선전되자, 바로 당시 중앙정보부의 조사를 받게 되고 마침내 이적 행위로 이 초라한 글쟁이를 재판정에 세운 것이다.

시대의 아픔이 다시 가슴을 저며 온다. 다시는 이 땅 위에 또 다른 남정현이 없기를 소망한다.

분소의(糞掃衣)

*

    부처님께서는 헌 누더기를 입고 다니셨다. 산속에서 수행할 때도 그랬고, 인간 세상으로 내려와 설법할 때도 그랬다. 그를 본받아 불제자들은 대개 누더기를 걸치고 생활한다. 헐어빠진 누더기를 걸치고, 끼니는 탁발하여 해결한다.

    우리나라에서는 요즘 탁발승이나 누더기 걸친 스님을 보기 어렵지만, 동남아시아의 불교가 번성한 나라들에서는 반드시 한 끼 이상 탁발을 해야 하고 또 일정 기간 탁발을 계속하는 수행 과정도 있다.

    그러면 왜 수행자들은 누더기를 걸치고 탁발하여 먹는 것일까? 가난하니까? 가진 것이 없으니까? 가진 것만치 입고 먹는다? 물론 그것도 그럴싸하기는 하지만 더 근원적인 곳에서 답을 찾아야 한다.

    부처님은 수행자의 삶은 자신의 득도, 곧 깨우침도 중요하지만 그보다 중생의 고통을 덜어주고 그들과 같이 가야 한다고 가르치셨다. 홀로 독야청청 불성에 드는 것보다 다 같이 한 배를 타고 가야 한다고 말씀하셨다. 그것이 대승불교의 기본적 정신이다.

몇 년 전 우리나라의 석가탄신일에 조계종단에서 내세운 표어에 "중생을 제도하지 못하면 견성(見性)하지 않으리." 하는 대단한 내용을 표방한 바가 있었는데, 이러한 정신이 부처님의 가르침의 근본이기 때문이다. 그리하여 출가승들은 고통의 바다[苦海]요 불난 집[火宅]인 사바세계에서 중생을 제도하는 일에 게을러서는 안 되고, 그를 통하여 자신도 깨우침에 이르는 것이다.

중생이 먼저요, 수행자는 뒤이어야 하니, 모든 중생이 다 먹고 남는 것을 수행자는 먹어야 하고, 모든 중생이 다 입고 남는 것을 수행자는 입어야 한다고 가르치셨다.

하여, 부처님의 가르침대로 중들은 중생들이 입고 남은 옷, 입고 버린 옷 곧 누더기, 똥걸레를 입으니 이런 옷을 분소의(糞掃衣)라고 하는 것이다. 똥 '분(糞)' 자요, 소제 즉 쓸고 닦을 '소(掃)' 자이니 분소의는 말 그대로 '똥을 닦는 옷', 즉 똥걸레라는 뜻이다.

죽은 자의 시체를 감쌌던 버리는 천으로 지은 옷을 분소의라 하기도 하는데, 분소의라는 말에는 버리는 옷, 가장 천한 차림이란 뜻이 있으니 그것에는 중생의 어려움을 덜어주고, 중생들의 똥을 닦아주는 '섬김과 겸허'의 정신이 숨겨져 있기도 한 말이다. 남의 더러움을 훔쳐주는 마음까지도 담긴 뜻의 옷이란 말이다.

*

남을 닦아 깨끗하게 만들고 스스로는 더러워져도 좋다. 남의 똥이라도 닦아주며, 헌신하고 봉사하며 자신을 낮추는 자세가 바로 구도자의 길이다.

"나는 득도했으니까 막힘이 없다. 오고 가고, 먹고 마시고, 입고 벗고 하는 데에 거리낌이 없다."라고 말하며 도가 트인 사람의 자유로움을 마음껏 구가하는 한국의 승려들을 자주 본다. 자만이 모가지까지 차서 그 번들거리는 낯짝이 참으로 꼴불견인 중들도 많다. 제법 사회적 활동을 많이 하는 스님 중에도 그런 논법을 구사하며 자유하시는 분들이 많이 보인다.

배운 자의 행동은 겸허해야 한다. 그래야 배운 자라고 존경받는다. 현학적이며, 권위적이고, 자만에 빠진 배운 자들은 곡학아세(曲學阿世)하는 데도 능하다. 종교인들은 배운 자 가운데서도 가장 많이 배운 자들이다. 그들이 사치하고, 방탕하고, 부와 권력을 탐하면 곧 말세가 온 것이다. 나는 단언한다. 그 사회가 망할 것인가 아닌가의 기준은 종교 지도자들이 타락했느냐 아니냐가 가장 확실한 지표가 된다고.

똥걸레를 입은 스님의 전형적인 분이 성철(性徹) 대종사(大宗師)였다. 그분은 수백 번을 기운 옷을 입고도 당당했다. 나중에는 처음의 베는 다 닳아 사라지고 덧붙인 것들만이 남게 될 정도였다. 먹는 것도 조금 먹었다고 한다. 탁발 대신 채마밭에서 일하기를 게을리하지 않으셨다. 그 누더기가 그 어른의 위대한 정신을 싸기에는 턱없이 부족했지만 그의 빛나는 정신은 그 때문에 더욱 광명을 더하였다. 스스로 똥걸레를 걸치고 똥걸레가 되고 똥이 되려는 자가 우리를 구원할 것이다.

똥을 찬미할지어다.

Episode 4
개똥지빠귀를 위한 변론

*

개똥과 가깝지도 닮지도 않음. 그 하는 짓도 전연 상관없음. 매우 억울한 이름이라고 사료됨.

텃새는 아니지만 우리하고 꽤 친숙한 새다. 아주 곱지는 않다. 수수한 모습이다. 그런대로 우리 산천에 잘 어울리고 흔히 볼 수 있다. 울음소리는 다양하다. 소리 흉내를 잘 낸다고 한다. 가을이 되면서부터 풀밭이나 나무숲에서 자주 눈에 뜨이는 새다. 정확한 명명 이유는 알려지지 않았다. 지빠귓과의 새 중에서 여기저기 구르는 개똥처럼 곳곳에서 볼 수 있는 흔한 종류라서 그렇게 이름 붙였다는 게 가장 설득력 있는 이야기이다.

우리 한국인들 가까이에서 살며 정겨움을 주는 동물이나 식물 또는 삶의 소도구나 신체부분에 '똥'이라는 말이 덧붙는 경우가 더러 있다. '개똥지빠귀', '새똥하늘소', '개똥벌레', '쇠똥구리', '강아지똥', '쥐똥나무', '애기똥풀', '보리똥', '방가지똥', '개똥참외', '별똥별' 등등.

한국인들은 똥을 아주 더러운 존재로 인식하기보다 다소 친근

하고 정겨운 대상으로 받아들인 경우를 자주 보게 된다. 똥은 우리 신체에도 상존한다.

'머리에 쇠똥도 안 벗겨진 놈이……', 이빨에 끼는 '이똥', '코똥도 뀌지 않는다', '기똥차다' 등 곳곳에 똥이다.

어린아이가 수명이 길기를 바라는 뜻에서 아이들을 '똥강아지'라고 부르기도 한다. 할머니들이 손자를 안고는 "아이고, 요 귀여운 똥강아지!" 하고 어르는 모습을 볼 수도 있다. 우리는 똥을 기피의 대상이라기보다 나의 살붙이와 마찬가지로 인식하고 살아왔다. 더럽고 아니고는 인식의 차이일 뿐이다. 우리가 더러운 대상으로 설정하면 무엇이든 더러워질 수 있고 깨끗한 것이라고 치부하면 깨끗해지는 것이다. 원효(元曉)의 해골이 바로 그러하지 않은가.

개똥지빠귀, 강아지똥, 새똥하늘소, 애기똥풀, 별똥별. 얼마나 정겨운 것들인가. 다 이 땅에서 같이 살아가는 우리의 살붙이요, 피붙이들이다.

똥은 우리 몸 안에 있다가 밖으로 나갔다가 돌고 돌아서 다시 우리 입으로 들어오는 순환하는 존재다. "사람이 제 똥을 사흘만 먹지 않으면 죽는다."라는 말이 있다. 이 말은 몸 밖으로 나온 똥이 여러 단계의 변신을 거쳐 결국 입으로 들어가게 된다는 뜻이다. 그리고 이렇게 변신한 음식물을 사흘 안 먹고는 살아갈 수 없다는 말로, 우리 조상들의 삶에서 나온 지혜로운 말이다.

서울대 인류학과 전경수 교수의 『물걱정 똥타령』이라는 책에도 음식과 똥은 순환적 관계이고 서로 다르지 않다고 말한다. 나아가 똥과 물과 인간의 삶이라는 문제에 천착하고 있다. 한국인은 현대적 농사법이 개발되기 전에 전통적으로 인분을 가장 중요한 거름으로 사용하였다.

*

'문목탕'이란 음식이 있단다. 문목탕(蚊目湯)이라고 한자를 병서하면 금방 그 뜻이 드러난다. 말 그대로 '모기 눈알 수프'라는 음식이다. 저 남쪽 지방의 호사가들이 개발한 천하의 별미라고 한다. 요리의 주재료는 바로 모기 눈알이다. 모기의 눈알을 모아 수프를 만든다니, 그 아이디어나 그 호사스러움이 가히 엽기적이다.

모기를 잡아 눈알을 채취하는 일이 그리 간단하지는 않을 것이다. 모기는 어떻게 잡으며, 그 눈알은 또 어떻게 뽑아내며, 또 얼마나 모아야 한 접시의 수프가 될 것인가? 그런데 너무 걱정하지 말 일이다. 이때 똥의 효용성이 절정에 달하는 것이다.

남쪽 지방의 주민들은 모기 눈알을 채취하기 위해 박쥐의 똥을 사용한다. 박쥐는 야행성 동물이며, 대체로 곤충을 먹고 산다. 밤에 동굴 밖으로 비행해 나와 밤새도록 날며 온갖 곤충을 잡아먹고 다시 동굴로 돌아온다. 그러고는 거꾸로 매달려 지내며 아래를 향해 가끔 배설을 하는 것이다. 그런데 그 배설물에 곤충 눈알들은 제대로 소화가 되지 않고 약간의 발효과정만 거친 채 그대로 나오고 만다.

주민들은 그 똥을 모아다가 물에 넣고 걸러내어 눈알만을 모은다. 딱히 모기 눈알만 있겠느냐만 이것들을 일러 총칭 모기 눈알이라고 하고, 그것으로 만든 수프가 문목탕이란다. 그 진미는 값의 고하를 따질 수가 없다니 참말인지 거짓말인지 확인해보지는 않았다. 그야말로 믿거나 말거나인데, 아주 황당한 이야기는 아닌 것 같다.

꼭 같은 이야기로 코피루왁(copi luwak)이 있다. 시벳커피라고도 불린다. 이것은 정말 확인된, 두루 아는 이야기이다. 사향커피 곧 코피루왁의 생산 방법 역시 위의 문목탕의 경우와 거의 유사하다. 수마트라나 자바에 사는 '루왁' 이라는 말레이 사향고양이가 잘 익은 커피 열매를 먹고 배설한 그 씨가 코피루왁의 재료이다. 커피 열매의 육질은 소화되고, 딱딱한 씨는 다소의 발효 과정을 거친 후 거의 원형대로 배설되는데, 이것을 수집하여 볶아 만든 커피가 그 명성도 고귀한 코피루왁인 것이다. 이 커피는 하도 귀해서 일 년에 500kg 정도밖에는 생산되지 않는다고 하니 우리 같은 촌사람 입에 들어올 일은 거의 없을 것 같다.

다른 동물의 똥을 먹거나 이용하는 사례는 무진장 많다. 사자란 놈이 코끼리의 똥에 얼굴을 박고 또 똥을 얼굴에 문지르고 하면서 즐거워하는 모습을 TV에서 보고 배를 잡고 웃은 일이 있다. 사람도 제 똥이나 다른 짐승의 똥을 곧잘 이용한다. 몽골이나 티베트 아니면 아프리카의 초원에서는 연료로 또는 집 짓는 재료로 짐승들의 똥이 쓰인다는 것은 널리 알려진 사실이다.

그러나 자신의 똥을 직접 바로 먹는 동물도 있다. 바로 토끼란 놈이다. 그 귀엽고 깔끔스런 동물이 제 똥을 먹다니 다소 의아해 할지 몰라도 사실이다. 토기는 제 똥을 먹지 않으면 정말 죽는다고 한다. 사람의 경우처럼 둘러둘러 입으로 들어가는 것이 아니라 배설하면서 항문으로부터 바로 입으로 들어간다.

토끼는 두 가지 똥을 눈다고 한다. 그중 하나는 식변(食便)으로, 채 삭이지 못한 음식이 항문으로 배설되는 것인데 이것은 한 번 더 소화과정을 거쳐 삭여야만 제대로 영양으로 섭취된다. 이 똥에는 많은 영양과 비타민이 있어 토끼가 반드시 먹어야 하는 식품이라고 한다. 토끼는 이 변이 나올 때 입을 항문에 대고 바로 먹어버린다.

이런 엽기적 식사 구조는 생존을 위한 하나의 진화적 과정으로 보인다. 가장 연약한 동물인 토끼가 육식 동물의 추적을 피해 살아남으려는 본능적 욕구가 그러한 진화를 낳은 것이 아닐까. 토끼는 되새김하는 동물이 아니다. 짧은 시간에 되도록 많은 풀을 일단 먹어야 한다. 그래야 육식동물의 추적을 벗어나게 될 것이다. 기회가 있으면 우선 급하게 풀을 많이 먹고는 나중에 한 번 더 소화하는 과정을 거치는 지혜인 모양이다. 어쨌든 생존을 위한 가상스러운 수단이고 진화가 아니겠는가?

*

한국 기독교계의 지도자 중 한 사람이었던 주남선(朱南善) 목사가 신사참배를 반대하여 옥고를 치를 때, 일본 간수들이 어찌나 밥을 적게 주던지 대변 볼 일이 없을 정도였다고 한다. 사나흘에 한 번씩 조금 싸는 똥이 버리기에 너무 아까워 저것이라도 말려 두었다가 배를 채울 수 없을까 궁리하셨다고 한다.

나는 어려서 주남선 목사의 이웃에 살았다. 내가 어릴 때 그분은 돌아가시고 그 자녀분들과 이웃하여 살았기 때문에 그분의 순교자적 행적을 귀동냥으로 몇 가지 들은 바가 있다. 주남선 목사는 주기철, 한상동 목사와 같이 일제의 신사참배 강요를 끝까지 거부하며 순교할 각오로 임했던 위대한 목회자였다. 경남 거창교회의 신도, 집사, 장로, 목사를 거치며 교인들과 지역민들의 존경을 받은 분이다. 6·25 사변 때에는 공산군의 총칼 앞에서도 결코 신앙을 훼손한 일이 없는 이 땅의 진짜 토종 예수쟁이였다.

나는 그분이 말려 둔 똥을 드셨다는 말을 딱히 들은 적은 없지만, 죽지 않으려면 먹을 수도 있었겠다는 생각을 했었다. 그리고 신앙을 위해, 나라를 찾기 위해, 일제에 의연히 맞서 싸우며 목숨을 초개 같이 여겼던 분들의 극한적 체험담을 듣고 숙연해지고는 하였다. 자기 똥을 되먹어 가면서라도 싸워 이겨야 할 싸움이었기에, 그 처절한 투쟁과 정신 앞에서 참 고귀한 신앙과 민족애를 배울 수 있었던 것이다.

이쯤 되면 똥은 단순한 생명에서 영원한 생명으로의 승화된 존재가 되는 것이다. 어찌 똥을 무시하고 생존을 논하며, 신앙을 논하며, 민족을 논하겠는가.

개똥도 약에 쓰려면 없다

*

김동리(金東里)는 소설 「화랑(花郞)의 후예(後裔)」에서 황진사라고 불리는 사람을 다소 희화화(戲畫化)하고 있다. 황진사라는 위인은 양반의 핏줄을 자랑하고 화랑의 후예임에 자부심을 느끼기는 하나 도저히 현실을 타개해 나갈 지모가 열리지 않아 무위도식하고 있다. 그는 연명하는 수단으로 이 짓 저 짓을 해보는데, 어느 날은 장터판에서 가짜 약을 팔고 있었다.

그가 파는 약 가운데 '개똥 위에 눈 개똥'이라는 참으로 기발하고 우스꽝스러운 물건이 등장한다. 그는 여러 사람 앞에서 이 약을 천하의 명약으로 떠벌리며 팔아 보려고 안간힘을 쓰고 있다. 이 소설을 읽은 사람은 몰락한 양반들의 무기력함에 머리를 절레절레 흔들게 되지만, 한편 '개똥'의 황당함에 실소를 머금는다. 그 당시에 민간요법에 그런 처방이 있었는지는 잘 모르겠으나 그 양반이 얼마나 딱했으면 그런 터무니없는 짓을 했을까? 독자들은 쓴웃음을 짓게 된다.

아마도 작가는 황진사와 같은 인간들을 개똥으로 치부한 것

같다. 그것도 개똥 위에 개똥이니 '중층(重層) 구조의 개똥' 정도
로 말이다.

*

우리 속담에 "개똥도 약에 쓰려면 없다."라는 말이 있다. 실제
로 개똥이 약에 쓰이는지는 알 수 없지만, 속담의 진의는 쓰잘
것 없고 흔해 빠진 것일지라도 필요가 있어 구하면 정작 찾아지
지 않는다는 말을 풍자한 이야기리라.

연전에 어느 지인으로부터 오랜만에 전화가 걸려왔다. 그는
느닷없이 나에게 좋은 감나무를 한 그루 구해 달라고 했다. 우리
재래 토종으로 좀 큰 나무면 좋겠다고 했다. 내가 그 방면에 전
문가는 아니지만 나무 심고 가꾸는 것을 다소 좋아하고 평소에
아는 체를 잘해서 남들이 보기엔 식견이 있어 보였던 모양이다.

나는 무심결에 그러겠다고 답을 했지만 그 후 감나무 구하기
가 쉽지 않았다. 단감 등 개량종은 많으나 토종 땡감 나무는 흔
치 않았다. 조경 전문 업자에게 물어도 구하기 어렵단다. 감나무
가 많은 시골 동네를 찾아가 흥정하고 구입해서 파와야 한다고
했다. 그 지인은 가을이면 발갛게 감이 익는 모습이 좋아서 과수
의 개념이 아닌 관상용으로 새로 꾸미는 정원에 한 그루 심겠다
는데, 찾기가 쉽지 않았다.

요즘 시골에서는 곶감을 깎거나 홍시를 만들기에도 힘이 들어
잘 관리도 하지 않고 방치 상태인 감나무가 많다. 가을에 잎이
다 떨어진 후에도 감나무에 붉은 감이 풍성하게 열린 모습은 참

아름답다. 이 땅의 가을 운치를 돋보이게 하는 대표적 서정이다. 감나무는 우리 한국인들에게는 정겨운 토종 과수이다. 그러나 요즘은 이런 재래종은 돈이 안 되는, 귀한 대접을 받지 못하는 나무가 되어 버렸다. 그런데도 막상 한 그루 구하려니 난감했다.

어찌어찌 수소문하여 겨우 한 그루를 소개하여 주었다. 그분이 하도 고마워하기에 나는 "개똥도 약에 쓰려니 없더라." 하고 속담을 인용하며 노고를 알아달라는 듯이 말했다. 그런데 내 말을 들은 그분이 다소 못마땅한 어조로 "형님, 개똥이라니요? 그 나무가 얼마나 귀한 나무인데. 개똥이라니요?" 하였다. 나는 놀라서 "아니, 뭐 그렇다는 말이지. 정말 귀한 나무이고말고." 서둘러 변명을 하였다. 그러곤 속으로, 말실수를 크게 한 것도 아닌 것 같은데 이 사람이 왜 이리 흥분하나 하고 못마땅해 한 적이 있었다.

＊

개똥! 개똥은 똥 중에서도 급수가 낮은 똥이다. 사람 똥보다 더 구리거나, 색깔이 좋지 않거나, 양이 많은 것은 아니다. 그러나 '개똥' 하면 가장 천한 것을 일컫는 말로 인식하고 있다. 아마 사람보다 개가 귀하다고는 말할 수 없으니 똥 역시 그렇게 낮추어진 모양이다.

또 개똥은 아무 곳에서나 발견되는 것이다. 사람들은 일정한 곳에서 배변하지만 개라는 짐승은, 특히 길들이지 않은 조선 토종개들은 아무 곳에나 깔겨댄다. 동네를 걷다 보면 여기저기 깔려 있고, 자칫 밟기 일쑤이다. 그러니 자연 사람들의 입에서 고운 대접을 받을 수가 없다. 개똥 밟은 위인 치고 누가 화증을 내지 않을 것이며, "이런 염병할 개들 같으니." 하고 일갈하지 않겠는가?

이렇게 흔한 개똥도 정작 용처가 있을 때는 모습을 감춘다. 누구도 쳐다보지도 않던 것들이 갑자기 필요할 때가 있다. 그럴 때 용케 그것들을 찾기가 쉽지 않다.

*

이와 달리 낡았다고 버리었거나 귀찮아하던 생활용품이며 잡동사니들이 버젓이 골동품 대접을 받기도 하는 경우도 더러 있으니 세상은 참 묘하다.

내 집 거실에 호랑이 모양 비슷한 목공에 작품이 한 점 있었다. 나무뿌리와 둥치를 묘하게 손질하여 근사한 작품으로 만든 것인데, 제법 덩치가 컸다. 고향에 살던 큰 자형께서 내가 새집으로 이사한 것을 기념으로 집안 장식용으로 보내준 것이었다. 집에 오는 사람마다 진귀한 물건이라고 칭찬이 많았다. 그런데 그 작품이 십여 년이나 마루에 버티고 있으니 왠지 자꾸 거치적거린다는 생각이 들기 시작하였다. 하도 오랫동안 늘상 보게 되니 진귀함 느낌도 없어졌다. 나중에는 지천꾸러기가 되었다.

"여보, 저 물건 좀 어떻게 해 봐요."

마침내 아내가 포문을 열었다. 아이들도 잇달아 짜증을 내며 귀찮아하였다. 뒷방으로 치웠더니 물건을 수납하러 드나들 때 거치적거려 죽겠다고 지청구를 부렸다. 나중에는 달리 어찌할

36

수도 없어 집 밖으로 끌어내어서 대문 아래 세워 두었다. 그랬더니 어느 고물상 아저씨가 지나다가 "제가 치워 버릴까요?" 하기에 눈을 질끈 감고 허락하였다. 주신 분께 미안하지만 좁은 집에 어쩔 수 없어서 폐기처분한 것이다.

그런데 그 후 우연히 버스를 타고 시내로 나가는데, 골동품이나 고가구 등을 파는 거리의 한 가게 앞에 우리 '호랑이'가 떡 버티고 서 있는 것이 아닌가? 집에 있을 때와는 달리 멀찍이서 보니 참 당당하고 멋있었다. 내가 그 이야기를 아내에게 하였더니 아내는 괜히 미련 갖지 말라고 퉁을 주었다. 그런데 그 후 아내도 그곳을 지날 때 눈여겨보았더니 참 멋진 모습으로 서 있더라는 거였다. 그때부터 우리는 후회를 하며 서로 당신 탓이라고 티적거렸다.

"옛날 전화기, 다리미 당신이 다 버렸잖아."

"아니, 헌 농짝 부순 사람이 누군데."

우리는 늘 이런 식이다. 귀찮고 쓸모없다고 버린 것이 값진 골동품도 되고 문화재도 되는 경우가 종종 있다. 개 밥그릇으로 사용하던 가야 토기, 스텐 그릇으로 바꾸어버린 방짜유기들, 벽 바르는 데 쓴 고서적, 엿과 바꿔버린 기물들. 그때 그것들의 가치를 알았더라면 하는 아쉬움이 남는다.

＊

예전에 우리 고을에는 찢어지게 가난했던 한 농군이 매일 아침 일찍 일어나서 마을과 골목 어귀를 돌며 개똥을 주워 모아

부자가 되었다는 일화가 있었다. 그 농군은 아침마다 들에 나가 개똥을 보이는 대로 망태기에 주워 담았다. 그러고는 그것을 자기 논밭에 가지고 가 거름을 만들었다. 조금씩 모으는 것도 매일 하면 큰 무더기가 된다. 그는 그 덕에 농사를 잘 지어 마침내 부자가 되었다는 것이다. 아무 주인 없이 널린 게 개똥이니 먼저 줍는 자가 임자다. 누가 시비 걸 일도 없다. 기득권 있는 자들로부터 견제 받지도 않는다. 서로 눈살을 찌푸리며 더러운 것이라고 침을 뱉을지언정 다가가지 않는다. 그런데 그 사람만은 아침마다 논밭을 오가며 개똥을 쓸어 담았다. 그리고 그것을 새로운 창조적 동력으로 삼았다. 또 그 부지런함도 가상하려니와, 마을 환경 정화 사업까지 하였으니 어찌 복이 닥치지 않겠는가.

나는 어릴 때 그 영감을 보았는데 별명이 '개똥이 아배'였다. 아무것도 가진 것 없는, 이 땅의 똥구멍이 찢어질 가난 속에서 그 자신처럼 버려진 개똥. 그것의 참다운 가치를 그는 알았던 것이다. 개똥같은 인생을 개똥으로 승부 낸 진정한 이 땅의 민초. 그의 지혜 앞에 겸허하고 숙연한 마음을 지니지 않을 수 없다.

'개똥'은 우리 자신이다. 너도나도 개똥같은 삶이다. 그러나 스스로 개똥임을 알지도 못하고, 또 스스로 개똥이 되겠다고 마음먹은 사람도 없다. 개똥을 향하여 가까이 다가가는 사람조차 드물다. 그러나 그 촌부(村夫)만이 다가갔고, 다가간 그는 부자가 되었다.

요즘 세상에는 자신이 잘난 사람인 양 생각하는 사람이 너무 많다. 약간의 지식이나 식견을 갖추고, 또 매스컴 등을 통해 잡다하게 얻어들은 상식 무더기에 올라앉아서는 자신을 아주 탁월한 지식인이나 전문가쯤으로 오해하는 자들이 많다. 가방끈 짧은 것은 탓할 것이 못 된다. 그러나 읽은 책의 두께가 얇은 사람이 설치는 꼴은 가관이다. 그래서 그만치의 깜냥으로 세상을 살기 마련이다.

그들은 한두 권의 새로운 책을 읽고는 자신을 그 책에 빼앗긴다. 얕은 독서는 사람을 혼동하게 한다. 그리고 그 자신은 개똥이 아닌 양 착각하게 된다.

짧은 소견으로 세태의 이런저런 분야에 나름대로 논평을 하면서, 자신의 탁월한 식견과 예리한 분석을 은근히 자랑하는 사람들도 많이 본다. 이런 무리는 곳곳에 깔려 여론 형성층이 되기도 하고, 또 대체로 여론 조작의 대상이 되기도 한다. 이런 부화뇌동의 무리야말로 정작 개똥만도 못한 자들이다.

개똥은 곳곳에 깔렸는데, 정작 필요한 곳에 필요한 사람이 없다.

II
역사 속의 똥

*

"대왕께서 환후 있다시기에 천한 종 구천(句踐) 걱정되어 문후 드리옵니다. 이 미천한 것이 어릴 때 의약을 다소 공부한 바가 있기에 대왕의 환후를 진단해보고 싶습니다. 허락해주소서."

"그래? 그것 신통하고만. 어디 한번 진맥해 봐."

오왕(吳王)은 호기심 어린 표정으로 허락하였다.

"본래 인체의 내부에 병이 자리 잡으면 변(便)의 색깔과 냄새가 달라진다고 합니다. 대왕의 변을 보여주시면 제가 검진해보겠습니다."

구천이 정말 의술을 배웠는지는 알려지지 않았지만, 변의 색과 냄새로 검진해보겠다는 것에 귀가 솔깃해진 오왕은 그것을 허락하였다.

얼마 후 왕이 배변하였을 때 구천을 불러 그것을 보게 하였다. 구천은 똥을 유심히 관찰하고는 말했다.

"전하, 색과 냄새로는 별 이상이 없어 보입니다. 그러나 철저한 검증을 위해 소신이 맛을 보겠습니다."

그러고는 구천은 아무 거리낌 없이 똥을 입으로 가져다가 핥기 시작했다. 그의 표정은 진지했고, 왕의 병후를 걱정하는 진심이 가득 찬 모습이었다. 한참이나 입안의 변을 맛보던 구천이 이윽고 입을 열었다.

"전하, 근심을 버리시옵소서. 이 종의 진단으로는 아무런 큰 병후가 아닌 것으로 판단됩니다. 내장에 탈이 생기면 그 탈이 위(胃)에 있을 때는 변의 맛이 쓰고, 폐(肺)에 있을 때는 아리고, 간(肝)에 있을 때는 시다고 익혔사오나, 오늘 대왕의 변의 맛은 그저 담담할 뿐이니 큰 병후는 아니옵고, 기력이 다소 쇠잔한 것 같사오니 탕약을 드시고 며칠 휴식하면 완쾌될 것이옵니다."

그 진지하고 확신에 찬 모습에 오왕은 감동하였다.

'짐의 똥을 빨아 먹다니.'

오왕은 구천을 완전히 신임하게 되었다. 그래서 그는 측근들에게 "이제 구천은 완전히 짐의 수족이 되었어. 좀 더 자유를 누리도록 해주어도 되겠어." 하고 자신의 심중을 밝히기에 이르렀다.

*

월왕(越王) 구천은 오나라와의 연속된 싸움에서 계속 수세에 밀리다가, 범려의 결사대 전략으로 전세를 만회하여 마침내 오왕 합려를 전사하게 하였다. 범려는 어차피 죽을 사형수들을 전선의 전면에 내세워 1진이 적진 가까이 가서 자신의 목을 내리치며 자결을 하게 하였다. 이어서 2진이 연속해서 같은 결사(決

死)를 하였다. 또다시 3진까지도 적 앞에서 비장의 자결을 감행하였다.

그 광경을 보던 오나라 군사는 사지가 떨리기 시작했다. 저들이 저렇게 죽기로 싸우겠다면 우리는 다 죽은 목숨이다. 오군은 크게 동요하고 우왕좌왕 흩어지기 시작하였다. 이때를 틈타 월군이 전격적으로 섬광같이 몰아붙이니 오군은 대패하고 말았다. 월군이 대승을 거둔 것이다.

오나라는 대패하였을 뿐 아니라 오왕 합려(闔閭)까지 부상을 입어 앓다가 죽고 말았다. 혼비백산한 오나라는 태자 부차(夫差)가 왕이 되어 몇 년을 조용히 지냈다. 전장은 소강상태에 머물러 있었다. 그러나 그동안 오왕 부차는 피눈물을 흘리며 죽은 아비의 원수를 갚기 위해 은밀하게 온갖 준비를 다 하였다. 천하의 전략가 오자서(伍子胥)를 등용하여 전력을 강화하고 비범한 인재 백비로 하여금 탁월한 전략을 수립하게 하는 등 조용히 전쟁을 준비하였다.

마침내 준비되었다고 판단해 오군은 진격을 개시하였다. 그 기세가 하도 사납고 당당하여 월나라는 맞서기에 힘겨웠다. 전쟁의 서막이 울리기 시작할 때 월왕의 현명한 신하 문종과 범려는 사태가 심각함을 알고 왕에게 화친을 종용하였지만, 월왕 구천은 전날의 승리에 취해서 전쟁을 고집하였다. 이 기회에 오나라를 싹쓸이하겠다는 그의 영웅심은 화친을 용납하지 않았던 것이다.

*

마침내 전면전이 전개되었다. 회계에서 양쪽 대군은 대접전을 벌여 승패를 가름했다. 손오병법으로 알려진 명장 오자서의 출중한 전략이 적중하였고, 또 복수심에 불타는 오나라군의 기세에 월나라 군사는 궤멸되었다. 월왕 구천은 간신히 목숨을 건졌으나 마침내 오군에게 사로잡히는 몸이 되었다.

오왕 부차는 지난 패배를 설욕하고 부왕의 원수까지 갚았으니 의기양양하였다. 게다가 월왕 구천을 사로잡았으니 그 기쁨은 형언하기 어려웠다.

'이놈을 구워 먹을까? 삶아 먹을까?' 그는 흥겨웠다.

오나라 조정에서는 연일 회의가 열리고 갑론을박이 벌어졌다. 여러 신하는 대체로 구천을 죽여 버려야 한다고 주장했다.

"구천의 관상은 얼굴이 검고 입술이 푸른 것이 배신할 인간의 상입니다. 바로 죽여 버려야 후환이 없을 것입니다."

여러 사람이 그렇게 말했지만 오왕은 듣지 않았다. 그는 결국 구천을 수도로 끌고 와서 노예로 부려먹기로 했다. 오왕 부차가 구천의 목숨을 끊지 않은 것은 한 나라의 임금을 함부로 죽여서는 안 된다는 자비나 왕통을 끊어서는 안 된다는 치도의 긍도에서 나온 생각이 아니었다. 그와는 반대로 철저히 잔인하게 보복하고 치욕을 주자는 의도였다.

월왕 구천은 회계에서의 패배로 치욕을 당하게 된 것이 너무나 뼈저렸다. 어제까지 한 나라의 왕으로 군림하던 자가 오늘 포로가 되어 오나라 왕궁의 노예로 살게 되었으니, 사는 게 사는 것이 아님은 말할 나위도 없었을 것이다. 몇 번이고 죽음을 결심하였다. 전쟁 때 칼에 맞아 죽지 못한 것이 한스러웠고, 포로가 되어 오면서도 몇 차례나 죽음을 생각했다.

그러나 현신 문종은 끝까지 임금 곁을 떠나지 않으며 자중자애할 것을 간곡히 말하곤 했다.

"치욕을 참을 줄 알아야 대업을 이룹니다. 참으면 기회는 옵니다."

구천은 문종을 비롯한 신료들의 간곡함에 힘을 얻어 당차게 결심하였다.

'살아야 한다. 그래야 기회는 오고 복수할 수 있다.'

그로부터 구천은 온갖 정성을 다하여 오왕 부차를 섬기는 철저한 노예가 되었다.

"살려주신 은혜 하해와 같삽고, 이렇게 대왕 가까이서 충성하며 섬기게 해주시니 육신이 걸레가 되도록 섬기겠습니다."

구천은 오왕에게 맹세하고 그것을 실천하였다. 누가 보아도 완전한 종이었다. 왕의 기억을 싹 지워버린, 정말로 표변해버린 처신은 점차 오왕의 신임을 얻게 되었고, 더 가까이서 오왕을 섬길 수 있게 되었다.

어느 날 오왕은 몸이 편치 않아서 의원들에게 진맥하게 하였다. 기력이 매우 떨어지고, 침이 마르고, 밥맛이 없었다.

"과로입니다."

"가벼운 감기 증세입니다."

"운동 부족일 겁니다."

의원들 나름대로의 진단을 마뜩찮게 생각하고 있는 왕에게 구천이 나타난 것이다. 그러고는 천연스레 오왕의 똥을 핥은 것이다. 이로 인해 오왕은 시쳇말로 '뿅 가고' 말았다. 구천이 자기에게 완전히 복속하고 주구가 되었다고 판단하게 된 것이다. 그럴수록 구천은 더욱 저두평신(低頭平身)하였다.

하루는 오왕이 구천을 불러 이야기를 꺼냈다.

"그대는 야만의 괴수로 짐과 오나라에 대항하다가 처참한 꼴이 되었다. 그러나 짐은 마땅히 죽어야 할 미물에게 아직 생존케 하는 은덕을 베풀었다. 짐의 이러한 은혜에 그대는 잘도 따라 나를 흐뭇하게 하였다. 원하는 바가 있으면 아뢰어라."

구천은 그 말을 듣고 내심 올 것이 왔구나 하였지만, 전혀 내색하지 않고 오히려 한술 더 떠서 오왕을 감동하게 만들었다.

"동쪽의 역신(逆臣) 구천은 분수를 모르고 대왕께 큰 죄를 지었으나 대왕의 하해 같은 은덕으로 목숨을 부지하며 대왕의 궁전에서 편히 지내며 가까이 모실 수 있는 호사를 누리고 있사오니 더 이상 아무런 바람이 없사옵니다. 대왕께서는 말씀을 거두어 주소서."

구천의 처신은 완전히 오왕의 마음을 사로잡았다.

'이젠 정말 풀어줘도 되겠구먼.' 하는 마음이 싹트기 시작했다. 그래서 마침내 많은 측근의 만류를 뿌리치고 구천을 돌려보내기로 하였다. 구천은 눈물을 흘리며 가지 않겠다고 쇼를 계속했다. 그리고 연극은 성공하였다. 그는 마침내 풀려나게 된 것이다.

*

"동쪽의 비천한 종 구천은 대왕님의 은혜로 고향에 돌아가 베옷 입고 짚신을 신고 움막에 거하며 농사를 지어 조상의 제사나 지낼 수 있다면 여한이 없겠습니다."

오왕은 완전히 넘어가 오판을 하고 말았다.

마침내 구천은 풀려나 고국으로 돌아올 수 있었다. 치욕을 참아낸 그의 의지와 용기도 가상하지만, 똥까지 핥으며 완벽한 연기를 펼친 구천의 심흑(心黑)은 과히 춘추전국시대를 살다 간 영웅호걸들의 파란만장한 삶이라고밖에 볼 수가 없다.

'똥을 핥다.' 라는 말은 최소한의 자존심까지도 버리는 아주 비열하고 아첨하는 행동을 일컬을 때 쓰는 말이다.

"그 사람 누구 똥이라도 핥을 놈이야."라고 말한다면 아첨꾼을 일컫는 최고의 욕일 것이다. 그러나 구천은 스스로 오왕의 똥을 핥아 조금이라도 남아 있을 의심을 일거에 떨쳐냈다.

생존의 치열한 싸움 한가운데 '똥' 이 있었던 것이다. '똥', 나라를 구하고 역사를 바꾸었다.

월왕 구천은 귀국하여 절치부심(切齒腐心), 와신상담(臥薪嘗膽)하여 국력을 은밀히 키워 마침내 거병하여서는 오나라를 일거에 무너뜨린다. 그러고는 오왕을 자결하게 하고, 중원까지 세력을 떨쳐 춘추오패(春秋五覇)가 된 것이다.

이쯤이면 '똥' 의 위력이 가히 대단하지 않은가.

감히 누가 똥 앞에서 큰소리를 친단 말인가?

똥이 맺어준 인연 — 신라의 영화

지증왕(智證王)의 고민

특명을 받은 관리들이 전국을 누비고 다녔다. 그들은 조용하지만은 않았다. 그래서는 목적을 달성할 수가 없었었기에. 그렇다고 외고 펴고 다닐 수도 없었다. 워낙 지엄하신 분의 신상에 관계되는 일이었기에 더욱 그러하였다.

"도대체 어딜 가서 찾아낸단 말인가?"

관리들은 심히 난감한 일이었지만 워낙 중차대한 일이라 게으를 수가 없었다.

사실 이 특명은 국가의 명운이 걸린 일일 수도 있다. 우리의 위대한 마립간(麻立干)께서 밤낮없이 백성들을 위한 일념으로 노심초사하시는데, 그분께서 아직도 배필을 맞이하지 못하시다니……. 우리 신민들은 크나큰 불경을 저지르고 있는 것이다. 저들은 밤마다 처첩을 끼고 잠들며, 희희낙락하면서도 지엄하신 우리의 마립간께서는 독수공방이 웬 말이냐? 생각할수록 민망스럽고 불경한 일인 것이다.

그래서 각간(角干)과 이간(伊干)들이 머리를 맞대고 궁리에 궁리를 한 끝에 전국에 사자를 풀어 임금님의 신붓감을 물색하기로 하였다. 그런데 이 무슨 당치 않은 소동이란 말인가? 임금의 신부는 왕비이고, 왕비감은 지천으로 널려 있어 서로 '나 잡아 가서.' 하고 안달에다 애걸복걸일 텐데, 오히려 관리들이 전국을 누비고 다니며 임금님의 배필을 찾는 소동을 벌이니 이 필시 기막힌 사연이 있을 법하지 않은가?

신라의 제22대왕은 지철노(智哲老)왕이다. 지대로(智大老)왕이라고도 하고, 지도로(智度路)왕이라고도 하였는데 나중에 시호(諡號)를 지증(智證)이라 하여 지증왕으로 불린 왕이다. 지증왕은 재위 기간에 국정을 쇄신하고, 이찬(伊湌) 박이종(朴異宗)(삼국사기에는 이사부(異斯夫)로 기록되어 있다)을 시켜 울릉도를 정벌하게 하여, 울릉도와 독도가 우리의 지경임을 확실히 한 왕이다. 지증왕부터 왕을 마립간(麻立干)이라고 지칭하게 되었다.

왕은 영특한 영웅일 뿐만 아니라 체구가 거대한 거인이었고, 따라서 그 신물(腎物, 왕의 거시기를 조금 높여 불러야 할 것 같아서)이 또한 거대하였다고 한다. 삼국유사의 기록으로는 한 자 다섯 치. 그러니까 요즘 계산으로 45센티가 넘는다는 말이다. 어느 상태의 길이인지 확인할 수 없지만 정말 대물임에는 틀림없다. 그러니까 사서에까지 이야기가 되지 않았겠는가? 사연이 이러하니 적절한 배필을 구할 수가 있었겠는가?

왕을 사위 삼고 싶은 귀족들이 얼마나 많았을 것인가? 그런데도 사정이 이러하니 어느 아비 에미가 딸더러 시집가라고 하겠는가. 방사(房事)가 안 되는 결혼은 원인무효다. 떡은 먹고 싶지만 감당이 안 되니 발만 구르다가 마침내 자신들이 차지하기에는 버거운 신랑감이라 판단하였다.

그리하여 전국에서 몸집이 큰 거녀(巨女)를 수소문하여 보기로 가닥을 잡았다. 일단 체구부터 커야 하지 않을까 하는 발상이었을 것이다. 그러지 않고서야 어떻게 왕의 거대한 거시기에 합궁될 수 있는 큰 용기를 소유한 여성을 찾아내겠는가? 여성 모두를 재어볼 수도 없고 공모를 할 수도 없고……. 남자라면 모조리 집합시켜 아랫도리를 벗기고 비교평가를 통하여 단번에 발견할 수가 있겠지만 말이다. 참 난감한 일이 아닐 수 없는 일이었다.

'속 좁은 여자'는 남자들의 선호도가 매우 높아 우스개로 '좋은 여자' 시리즈에 랭킹될 수 있다지만 반대로 그 용기가 매우 넓고 깊은 것은 선호도가 떨어지는데, 우리의 지증왕에게는 그 넓고 깊은 것이 딱이니, 이게 보통 일인가?

여성의 그것을 국가가 관리할 수 있는 것도 아니고, 자로 재어서 등록하게 할 수도 없고, 참 난감할 수밖에 없는 사정인 것이다. 해서 내놓은 묘책이 일단 체구 큰 여자부터 찾아 그 다음을 확인해보기로 한 것이다.

사실 남자의 거시기는 체구하고 그렇게 상관이 없다는 것이 수없이 목욕탕에 다녀본 나의 관찰 결론이다. 오히려 작달막한 체구에 물건 하나는 실팍한 것이 덜렁대는 인간도 가끔은 있으니 말이다. 크다든지 단단하다든지 한 놈은 확실히 인기를 끈다.

어쨌든 큰 양물은 선호도가 매우 높다. 신문이며 잡지에 왜소한 거시기를 확대하는 묘방이 있다는 광고가 곧잘 실리는 것을 봐서도 큰 거시기는 남성들에게는 매우 갖고 싶은 대상이다. 그러나 큰 것도 정도가 있어야지, 지증왕은 거의 병증이라 해야 할 것 같다. 물경 45센티라니…….

여성의 그 부분의 넓고 깊음이 체구와 관계되는지 나의 소견으로는 짐작도 되지 않지만, 어쨌든 마침내 관리들이 전국을 누비며 큰 여자를 찾게 된 것이다. 그런데 운 좋은 한 팀의 영리한 팀장이 대박을 터트렸다. 엄청 큰 발견을 한 것이다.

거녀(巨女)를 찾다

사건은 모량부(牟梁部)에서 터졌다. 이곳저곳을 누비던 사자 중의 한 팀이 모량부에 다다라 동로수(冬老樹) 아래에 이르렀을 때 기막힌 광경을 보았다. 개 두 마리가 엄청나게 큰 인분(속어로 '똥') 한 덩이를 놓고 으르렁거리고 있지 않은가. 이 두 마리의 변견(便犬, 속어로 '똥개')은 참으로 먹음직스럽고 풍성한 먹을거리 앞에서 견성(犬性) ― 개니까 인성이라고는 할 수 없지 않겠는가 ― 을 유감없이 발휘하여 이빨을 드러내며, 침을 흘리며, 눈에 빛을 뿜으며 쟁탈전을 벌이고 있는 것이었다.

"바로 이것이다."

땅을 차고 환호하며, 그들은 자신들의 추리가 맞을 것이라고 확신하게 되었다. 이 정도의 똥 덩이라면(삼국유사에서는 북만큼 컸다고 기록되어 있다) 거인일 것이고, 그 임자가 여자라면? 오! 이건 사건이 되는 것이다. 그들은 곧 추적에 들어갔다. 그들은 근처에 놀고 있는 계집아이 하나를 불러다가는 현장을 견학시키고 이 어마어마한 똥 덩이의 주인이 누구냐고 물었다. 애원하는 듯한 그들의 눈에 희색이 돌았다.

"성공이다! 심봤다!"

그 계집아이는 특급 정보를 잘도 재잘거렸다. 모량부 상공의 딸이 빨래하러 왔다가 갑작스러운 변의(便意)를 느끼고는 숲 속으로 달려가 거사를 벌인 것이라는 정보를 입수하고는 뛸 듯이 기뻤다.

'큰 여자의 똥, 젊은 처녀의 똥! 거기다가 금상첨화인 것은 그 여자가 상것이 아닌 상공(相公)의 딸이라니!'

임금님 짝으로 어느 정도 체면은 설 수 있을 것이 아닌가? 그들은 그 똥의 주인을 확인하고 거의 졸도할 뻔하였다. 거창한 체구를 가진 젊은 여자, 거기에다 인물도 그런대로 괜찮고, 또 상공 가문의 여식이니, 이야말로 호박이 덩굴째 굴러온 것이다.

역사에는 이들이 특진 또는 훈장 등을 받은 포상기록이 나와 있지 않지만 임금께서 크게 쏘았을 것으로 추정된다. 어쩌면 국경일이 선포되지는 않았을까? 관리들이 그녀를 지극정성으로 모셔다가 왕의 배필로 삼았다고 기록되어 있으니 참으로 신통방통한 이야기이다.

똥이 아니었다면 지증왕은 평생을 혼자 살아야 했을 것이고, 그러다 보면 국정이 얼마나 혼탁해졌을 것인가? 왕도 원초적 본능을 지녔을 것인즉, 아니 왕들은 그것이 더욱 강한 경향을 보이는 것인즉 이 점이 해결되지 않고서야 국정이고 뭐고 되는 것이 있겠는가? 이런 원초적인 것이 해결 안 되는 왕들은 대개 폭군이 되든지 아니면 무능력자가 되든지 할 것이다.

왕이니까 무소불위(無所不爲)의 힘으로 욕구를 해소하려 든다면 나라가 참 난장판이 될 수도 있을 것이다. 국중의 모든 여인, 처녀건 유부녀건 줄 세워 매일 수청을 들게 하여 욕구를 채우려 한다면 가정 파탄이 비일비재하고 풍기가 극도로 문란하여 망국의 탈을 만들 수도 있는 것이다. 똥이 아니었으면 이 엄청난 국난을 어떻게 극복하였을 것인가?

위대하도다. 똥이여! 나라의 명운을 갈랐도다. 똥이여!

Episode 3
이사(李斯)와 변소의 쥐[厠鼠]

법가(法家)의 대두

이사(李斯)는 진(秦)나라의 탁월한 법가였다. 법가란 국가 통치 수단의 우선을 법에 두려는 사람들을 지칭한다. 법을 잘 정비하여 철두철미하게 운영하면 나라의 질서는 안정되고, 국가의 기능이 매우 효율성을 갖게 되고, 통치자의 권위는 빛나고, 하여 마침내 부국을 이루고 강국이 되어 천하를 움켜쥘 수 있다고 신봉하는 자들이 법가들이다.

춘추전국시대에는 공자를 비롯한 유가(儒家), 노장의 사상에 바탕을 둔 도가(道家) 등 사상과 치도 경륜을 설파하는 소위 '-가(家)'(제자백가(諸子百家))들이 우후죽순처럼 일어나 더러는 민중과 통치자의 사랑을 받기도 하고, 더러는 혹세무민하는 무리가 되기도 하였다.

춘추시대와 전국시대는 제자백가들이 용쟁호투를 벌이는 시대였다. 현란한 수사의 늪 속에서 법가들도 역시 천하를 주유하며 자신들의 이론을 왕들에게 유세하였다. 그러다가 용케도 등용되면 새로운 법 제도를 도입하여 시행하였다. 그러다 보면 기존의 세력들과 다툼이 심하게 일어나 정쟁을 유발하는 때도 많았다.

법가를 등용하여 나라의 법 체제를 완전히 혁신시킨 대표적인 왕은 진(秦)나라의 효공(孝公)이었다. 효공은 그 유명한 상앙(商鞅)을 등용하여 국정을 맡겼다. 상앙은 기존의 통치 질서를 완전히 뒤엎고, 당시의 관리와 백성들로서는 생소하며, 아연실색할 법을 내놓고 시행하려 했다. 엄청난 반대에 부딪혀 시행 초기에 큰 시련을 겪었지만, 왕의 절대적 신임 아래 상앙은 개혁 입법에 성공하고 그것을 철저하게 집행하였다.

상앙의 나무기둥

상앙은 새로운 법을 만든 후에 과연 백성들이 이 법을 곧이곧대로 믿고 따를지, 그 자신도 확신이 없었다. 그래서 그다운 꾀를 내었다.

도성의 남쪽 성문 앞에 긴 나무기둥을 하나 세우고는 그 아래 방을 붙였다.

'이 나무를 북문 앞에 옮겨 심으면 백 냥을 준다.'

며칠이 지나도 아무도 거들떠보지 않았다.

'그까짓 나무 하나 옮기는데 백 냥이라니……'

사람들은 그 방문의 내용을 믿으려 하지 않았다. 그래서 상금을 열 배나 올렸다. 그래도 별 반응이 없었다. 그러다가 닷새째나 되는 날, 어떤 사내가 나타나서는 심히 게으르게 그것을 옮겼다. 그자는 반신반의하면서 다소의 놀림감이 될 각오였으리라. 그러나 상앙은 바로 그 사내에게 약속대로 천금을 주었다. 그러고는 '나라의 법이나 명령에는 거짓이 없음'을 만천하에 알리었다.

동시에 상앙은 신법을 공포하고 시행하였다. 그러는 가운데 온갖 원성도 샀고, 또 절대적 지지를 받기도 했다. 하지만 상앙의 신법을 채용한 진의 효공은 꿈에도 소원하던 중원 진출의 실마리를 찾게 되고, 마침내 패자(覇者)의 기틀을 다져 진나라가 천하를 통일하는 기초를 마련하는 것이다. 그러나 상앙 자신은 말년에 그 자신이 만든 법에 따라 처형되고 만다. 법의 아이러니를 말할 때 자주 회자되는 이야기이다.

어쨌든 진나라는 상앙 이후 법가들의 이론을 시험하는 나라처럼 되어버렸고, 국력도 많이 충실해져 중원을 슬슬 엿보기 시작하였다. 효공 시대를 지나 마침내 진시황의 시대에 이르러서는 완전히 중원을 압박하여 중국 전체를 손아귀에 넣을 지경이 되었다. 이때 소진과 장의가 합종(合從)이니 연횡(連橫)이니 하는 현란한 외교술을 구사하지만, 천하의 주도권은 이미 진나라로 기울어 있었다.

법가와 권력

법가들의 법리는 유가나 도가들의 통치 사상과는 근본적으로 다르므로 인간적 냄새가 나지 않는 것이 문제였다. 법은 '인간적'이라는 용어와 상충하는 경우가 많았다. 그것은 지금도 그러하다. 인간적으로야 이해되지만 법이 그렇지 않으니 어쩌고 하는 소리를 우리는 수없이 들어왔다.『레미제라블』에서 장발장과 자벨 경감과의 대결도 바로 그러한 문제를 다룬 이야기이다. 이러한 고뇌는 동서양과 고금이 따로 없었다.

좌우간 법가들을 잘 활용한 진나라는 마침내 천하를 통일하였고, 진나라 황제는 자기로부터 황제가 시작되니 시황제(始皇帝)라고 호칭하게 하였다.

진시황제를 도운 법가의 대표적 인물이 이사이다. 그는 상앙 이후의 법가의 이론을 완전히 정리하여 통치학으로서, 통치 이념으로서, 통치 수단으로서의 법을 정비하였다. 국가의 기능은 톱니바퀴처럼 돌며, 철저하게 시스템을 유지하도록 했다. 조금이라도 미흡한 곳이 있으면 신속히 새 법을 제정하여 보완하였다. 그러다 보니 종래의 기득권을 가진 왕족과 귀족 대부들은 그 권한을 법에 내어주게 되어 소외감과 세력의 위축을 맛볼 수밖에 없었다. 따라서 그들은 언제나 법가들의 실수를 노리다가 허점이 보이면 곧바로 공격하여 실각시키곤 하였다. 상앙조차도 역모를 꾀하였다 하여 실각시키고는 곧 처형하였다. 이사 역시 진시황의 총애를 받으며 재상에 올라 부귀공명을 거머쥐었지만 불안한 나날을 보냈다. 그는 진시황 사후에 조고(趙高)와의 세력 다툼에서 밀려 죽임을 당하게 된다.

곳간의 쥐

젊은 시절 이사는 고향에서 향청(鄕廳)의 서리(胥吏)노릇을 하였다. 그런데 어느 날, 우연히 측간(廁間)에서 어떤 광경을 보고 크게 깨달은 바가 있었다. 그가 화장실에 갈 때마다 측간에는 구차하게도 사람이 누어놓은 똥을 핥아 먹던 쥐들이 보였다. 그때마다 그 쥐들은 사람을 보면 놀라서 도망을 치는 것이었다. 그런데 이사는 또 하나의 재미있는 사실을 발견하였다. 그가 가끔은 곳간(곡식 창고)에 일을 볼 때 보면 그곳에도 쥐들이 꼬여 드는데, 곳간의 쥐들은 곡식을 잘도 훔쳐 먹어서 그런지 크고 털은 기름져 보이는데, 사람을 보고도 별 겁도 없이 넝글넝글하게 구는 것이었다.

이사는 이 두 광경을 보고 깊이 생각하게 되었다.

'측간의 쥐는 초라한 행색에 비썩 말라 털이 엉성하며, 무척 겁도 많다. 사람만 보면 부리나케 도망질한다. 기껏 똥 따위를 핥아 먹으면서 말이다. 큰 죄라도 지은 듯이 저렇듯 놀라 뛰쳐나간다. 그러나 곳간의 쥐는 사람의 곡식을 축내며, 털에는 자르르 윤택이 흐른다. 그런데도 사람을 보고도 겁을 내지 않으며, 마치 조롱이라도 하듯 간 큰 모습을 보인다.'

이사는 이 두 광경을 보고 이렇게 생각하였다.

'사람이란 그 그릇이 크고 작음으로 세상에 드러나는 것만은 아니다. 사람이 영달하는 것은 그의 능력에 달린 것만은 아니다. 능력이나 그릇이 절대적 핵심이 아니다. 사람이 존귀하게 되는 것은 그가 무엇을 얼마나 알고, 그 능력이 얼마나 있느냐에 따른 것이 아니다. 다만 그가 어디에 소속되어 누구와 교유하며, 어느 부류의 사람과 노니느냐에 따라 사람의 값이 달라지는 것이다.'

이렇게 생각한 이사는 '이따위 시골구석에서 아무리 열심히 일하고, 밤낮없이 글을 읽어 보았자 아무 소용없는 짓이다.' 라는 생각을 하고 곧바로 아버지의 집을 나왔다. 그 후 그는 좋은 스승을 찾아 여러 곳을 헤매었다. 온갖 고난을 겪으며 여러 가지 공부를 하였다.

몇 해의 세월이 흐른 후 그는 자신의 학문이 어느 정도 일가를 이루었다고 자부하였다.

영광과 몰락

그가 가장 힘들여 닦은 학문은 형명학(刑命學)이었다. 형명학이란 곧 지금의 '법학' 이다. 법가로서의 기량을 갖춘 것이다. 그러나 그는 제대로 임용되지 못하였다. 누군가에게 등용되어 국정에 참여하는 길이 열리길 바랐지만 뜻대로 되지 않아, 유랑하다가 결국 진나라로 향했다. 진나라에서는 법가들을 우대한다고 들었기 때문이다.

진나라에 가서는 재상인 여불위(呂不韋)의 집에서 식객 노릇을 하였다. 식객 노릇을 하는 동안 그는 여불위의 주목을 받게 되었다. 낭중지추(囊中之錐)라고 할까? 그의 능력이 서서히 드러나기 시작한 것이다. 그는 마침내 여불위의 추천으로 관직에 나갈 수 있었다.

드디어 관직에 나간 이사는 자신의 능력을 펼칠 수 있는 발판을 차츰 확대해가며 승승장구하였다. 그러나 풍운아들에게는 항상 바람이 몰아쳐온다는 것을 그 자신은 몰랐음인가. 이사는 진시황의 죽음과 함께 간신 조고의 간계에 걸려들어 목숨을 잃게 된다.

조고는 환관 출신이었다. 권력에 대한 엄청난 집착으로 온갖 파란을 연출하였다. 조고가 권력을 강화하기 위해 연출한 술수 중의 하나가 인구에 회자되는 '지록위마(指鹿爲馬)' 라는 고사이다. 조고는 권력 강화를 위해 경쟁자나 반대파를 끊임없이 숙청하였다. 결국 이사도 조고의 덫에 걸려 죽임을 당한다.

이사에게 파란만장한 인생행로를 걷게 한 계기가 바로 '똥' 이었다. 『사기』 「열전」에서 사마천은 이사가 측서(厠鼠, 변소의 쥐)를 보고 인생행로가 달라졌다고 기록하고 있다. 하찮은 똥 때문에 인생이 달라지고, 역사가 달라질 수 있음을 나는 말하려 한다.

Episode 4

공민왕과 이성계의 똥

항몽(抗蒙) 독립전쟁

　나는 우리나라의 역대 군주 가운데 가장 낮게 평가받고 있는 왕이 공민왕이라고 생각한다. 몇 해 전에 「신돈(辛旽)」이라는 드라마에 공민왕의 사랑과 국권 회복 운동, 권력 쟁탈 등이 안방을 울린 일이 있었던 모양인데, 지금이나 그때나 TV 드라마라면 사돈에 팔촌도 넘는 나로서는 그 내용을 전연 알 수 없고, 본 사람들의 이야기를 추적하니 대략 그런 내용이더라고 한다. 드라마를 보지 않았으니 그 드라마 이야기는 할 수가 없다. 그 극에서 공민왕이 얼마나 개혁적이고 민족정신을 가졌던 인물로 부각되었는지 모르지만, 우리 국민의 의식 속에 좀 더 확실히 각인되는 위대한 인물상을 제시해보고 싶은 것이 나의 평소 생각이다.

　공민왕은 즉위 초에 "재추(宰樞, 최고위층 벼슬아치)로부터 이서(吏胥, 최하층 관리)에 이르기까지 활 한 개, 화살 오십 개, 칼 하나, 창 하나를 반드시 갖추라." 하고 명한다. 즉위와 더불어 전의를 불태우며 무력을 강화하기 위해 전 백성들에게 총동원 태세를 요구한 것이다.

어린 나이에 원(元)나라에 볼모로 끌려가 결혼까지 강요당하여 노국대장공주를 배필로 맞이하기는 하나, 사랑과 조국은 별개의 것이었다. 원나라 황실의 공주를 왕비로 맞아 비록 몽골인들의 부마가 되었지만, 또 노국대장공주와의 사랑이 너무나 깊고 아름다웠지만, 조국 고려에 대한 사랑과 압제자들로부터의 해방은 그의 절체절명의 소망이었다.

그는 '잔혹한 몽골인을 이 땅에서 몰아내고 나라의 자주독립을 이룩하기 위해서는 기꺼이 어떠한 고난이 따르더라도 독립 세력을 조직하고 그 선봉이 되어야 한다.'고 다짐하였다. 당찬 결심을 하고 조국으로 돌아와 비록 허수아비지만 왕이 되었다.

정동행성이문소(征東行省理問所)라고 불리는 원나라의 총독부, 쌍성총관부(雙城摠管府)라고 불리는 그들의 직영 식민지가 시퍼렇게 눈을 부라리며 왕권을 농락하고 있었지만 공민왕은 알고 있었다, 세계의 흐름을. 당시 세계 정치의 일번지 원경(元京)에서 볼모 생활을 하면서도 무위도식하지는 않았다. 세계의 정세와 권력의 이동과 우리 고려인의 한을 깊숙이 보고 간파한 바가 있었다. 노국대장공주도 기꺼이 호응했다. 모국의 부모 형제와 황실을 생각하면 감히 내릴 수 없는 결단이지만, 사랑하는 낭군의 나라 그리고 그의 열정 앞에서 그녀는 모든 것을 버리고 고려 독립에 순명(殉名)하기로 결심하였다.

나는 공민왕이라는 사람은 그 정도의 인간적 매력과 열정을 지닌 멋있는 젊은이였으리라고 믿는다.

공민왕은 힘차게 기세를 올리는 신생 명(明)나라 주원장(朱元璋)의 지도력과 한족들의 국권 회복 의지가 호락호락하지 않다는 것을 감지하였다. 그것은 하나의 실험이었다. 그는 그 과정을 예의주시하면서 우리 고려도 그에 못지않은 자주적 역사와 국민들의 염원이 있으니 지도자의 올곧은 리더십만 있다면 명과의 연합전선은 반드시 이루어지고, 그 시너지는 엄청난 파괴력이 되어 천하의 몽골 병정도 물리칠 수 있을 것으로 판단하였다.

우리는 몽골의 정복사에 유례가 없는 40년 전쟁을 버티어 온 족속이 아니냐, 그들과 피투성이 싸움을 40년이나 버티어 온 겨레가 이 지구상 어디에 있단 말인가? 제주도에서 마지막 삼별초(三別抄)가 옥쇄할 때까지 우리의 투쟁은 지속되었다. 세계 최강의 제국 수(隋)나라, 당(唐)나라와 목숨 건 싸움을 치르면서 그들의 간담을 서늘하게 하였고, 그들 나라의 명운을 갈라놓았던 우리 겨레의 기개는 참으로 대단하였다. 글안과도 얼마나 집요하게 싸웠던가? 우리와 죽기 살기로 싸우던 글안은 창끝을 중원으로 돌려 단숨에 중국을 짓밟고 요(遼)나라를 세웠다. 그러나 고려만은 그렇게 호락호락 다루지를 못했다.

우리 족속은 침략자에 대하여 결코 무릎을 꿇지 않는다. 세계 최강의 군사력을 가진 몽골과 맞붙어 처절하게 항쟁했다. 마침내 삼별초가 제주도까지 쫓겨 가며 저항하다가 옥쇄한 민족사는 다른 나라들에서는 찾아볼 수 없는 강인한 정신사인 것이다.

비록 늙고 병들었다 해도 세계 제국인 원나라와 대항하여 독립을 쟁취하겠다는 불굴의 의지, 세계 외교 군사의 흐름을 간파한 혜안, 그것을 추진할 수 있는 지도력, 이 세 가지가 맞물려 공민왕은 꿈에도 그리던 왕국 독립이라는 대업을 이룬다.

그러나 그에겐 너무나 반대가 많았다. 몽골에 빌붙어 권세와 부귀를 누리던 수구 사대주의자들의 뿌리는 완강했다. 그럴 뿐만 아니라 무신정권 때부터 씨가 뿌려졌고 몽골이 통치 수단으로 이용하던 군벌들과 독립 전쟁을 위해 어쩔 수 없이 손을 잡았었지만, 불안정한 동거였다. 이들 군벌의 세력은 실로 막강했다. 그러나 공민왕은 끝없는 모함과 반역과 배신 속에도 굳건히 고려의 독립을 이루어냈다.

1352년 변발·몽골식 의복 등의 풍속을 폐지하면서 서서히 불을 지피고는, 1356년 몽골의 연호·관제를 폐지하고, 곧이어 정동행성이문소를 폐지하면서 기철(奇轍) 일파를 숙청하였다. 마침내 쌍성총관부마저 폐지하여 영토를 완전히 회복하였다.

공민왕은 고려의 독립과 국토 회복에만 만족하지 않았다. 고려의 국시는 고구려의 계승이었다. 그는 이참에 고구려 국토를 완전히 회복하기 위해 결단을 내렸다. 압록강 너머로 군대를 휘몰아가서 단동에 교두보를 확보하고, 파사부(婆娑府) 등 3참(站)을 격파하고, 올랄산성(오녀산성)을 점령하여 요동을 발아래 두게 되었다.

그러나 역사는 이 위대한 국왕에게 너무나 많은 시련을 주었다. 수구세력의 반란은 몇 차례나 일어났고, 군벌들은 툭하면 군왕을 위협하였고, 홍건적(紅巾賊)이라는 도적 떼가 온 나라를 휘저어 임금이 몽진을 떠나야 할 지경에 이르렀다. 엎친 데 덮치는 꼴이라더니, 남쪽에서는 왜구가 발호하여 삼남지방을 짓밟으니 공민왕인들 배길 재간이 없었다. 왜놈들은 꼭 우리가 될 성싶거나 위기라고 여길 때면 어김없이 태클을 걸고 들어오니 가까이 붙어사는 것 자체가 얄궂은 운명이다.

풍운아, 길을 잃다

최영(崔瑩)이며 이성계(李成桂) 같은 불세출의 영걸들이 왜구를 치랴, 홍건적을 치랴, 반역 도당들을 치랴 동분서주하며 정신이 없을 때, 국정은 이미 구심점을 잃고 있었다. 기가 꺾인 왕을 신돈 등이 가지고 놀게 되었다. 노국대장공주가 불귀의 객이 되고 나서는 이 열혈의 남아도 무릎이 휘청거릴 수밖에 없었다.

사랑하는 아내를 넘어선 존재. 조국을 등지고 남편의 조국을 위해 독립 투쟁에 동참하며 온갖 신고를 같이 이겨낸 동반자를 잃은 공민왕의 심회는 하늘이 무너지는 것이었다. 왕으로서 더 버티기 어려운 상황에까지 내몰린 것이다. 그러한 상황에서 인간은 자포자기하면서 침잠하게 되고, 그럴수록 퇴영적이 되기 마련이다.

공민왕은 만신창이가 된 몸과 마음을 가눌 수 없어 반야(般若)라는 여자에게 빠져 황폐일로를 걷다가 마침내는 미소년들에게 접근한다. 자제위(子弟衛)라는 내시 집단을 궁중에 두고는 어린 미소년들로 채웠다.

본래 내시라는 직분은 궁중의 보좌관이었다. 고려 때에도 내
시라는 제도가 있었다. 내시가 주로 궁중 안에서 일을 보면서
자연 임금의 사생활을 목격하고 또 관여도 하게 되니 사내구실
을 못하는 환관으로 점차 대체되는데, 고려 시대에는 내시라는
직분이 있었고 안향, 김돈중(김부식의 아들, 정중부의 수염을 태워 모
욕을 주었다고 함), 최사추(최우의 아들) 등도 내시 출신이었다.

공민왕은 노국대장공주가 분만하다가 아기와 산모가 다 죽고
난 후로 후사(後嗣)가 없었다. 이것 또한 국왕으로서 치명적 타격
이 되는 것이다. 믿을만한 듬직한 자식에게 나라를 물려주고 싶
은 것은 동서고금을 막론하고 모두 같은 것이다. 김일성이나 김
정일까지도.

혜비, 익비 등 누구도 회임(懷妊)을 하지 못했다. 공민왕의 초
조함은 이루 말할 수 없었다. 그런데 어느 날 익비가 임신을 한
것이다. 궁중에서 노드락거리던 자제위의 미소년 홍륜과 배가
맞아 왕비가 임신하였다는 것이다. 이 임신 사건에 대하여는 두
가지 견해가 있다. 하나는 공민왕이 간통의 전후 내막을 모르고
있었다는 것이고, 다른 하나는 공민왕이 은근히 또는 직접적으
로 간통을 부추겼다는 설이다. 어쨌든 공민왕은 익비가 임신을
하자 내심 음흉한 생각을 하게 되었다. 익비가 낳는 아이를 내
아이로 만들자는 생각이었다. 그렇게 하려면 임신 사실과 그 경
위가 철저히 기밀사항이 되어야 하는 것이다.

"전하, 기괴한 소문이 돌고 있습니다."

환관 최만생이 매화(梅花, 똥)틀을 받치고는 응가를 하는 왕에

게 고자질하였다. 익비가 사통한 자가 홍륜이며, 지금 몇 달째이며 이런 이야기들을 까발렸을 것이다. 공민왕은 알고 있었는지 모르고 있었는지 알 수는 없지만 그의 입에서 나오지 말았어야 할 말이 나오고 말았다.

"그래? 이 사실을 알고 있는 놈들이 누구인지 조용히 조사하여 아뢰어라."

공민왕은 배변에 힘을 '끙' 하고 실으며, 그 눈가에 살의가 비쳤다. 환관 최만생은 더럭 겁이 났다. 제가 고자질하고 제가 먼저 겁을 먹은 것이다.

'알고 있는 놈?'

그놈들은 다 죽었다. 그리고 나도 알고 있는 놈에 속한다. 환관은 불알이 없는 만치 눈치 하나는 몹시도 빠르고 영악하다. 자신에게 닥친 위험을 못 느낄 인물들이 아니다. 모처럼 좋은 보직을 맡아 다른 환관들의 부러움을 사는 신분이 되었는데, 꼼짝 없이 죽게 되었구나.

환관들도 직책이 있고 계급이 있다. 임금 가까이서 시중드는 놈이 예나 이제나 '끗빨'이 세다. 그중에서도 왕의 매화틀을 담당하여 매화를 받아내던 환관은 부수익도 있었다.

임금이 용변 후에는 무엇으로 닦을 것인가? 민간 농투성이들처럼 짚으로 닦을 수는 없지 않겠는가? 물론 화장지가 없었던 시절이다. 종이 또한 귀하다. 별수가 없으니 좀 경비야 나가겠지만 어린아이 기저귀처럼 베를 사용할 수밖에 없을 것이고, 호사를 누리는 왕이라면 뻣뻣한 무명보다야 명주나 비단이 제격이 아니겠는가? 그러다 보면 자투리 남는 것과 재활용 등을 통하여 그런대로 부수입이 생기는 데가 경훈각 쪽이다. 경훈각은 매화틀 등을 보관 관리하는 창고다.

최만생은 왕이 매화틀에서 일을 보면 재빨리 닦아드리고, 매화틀을 어의에게 가지고 간다. 어의는 양, 색깔, 냄새, 심지어 맛을 통해 임금의 건강을 점검한다.

이런 괜찮은 자리에서 임금의 귀에 소곤댈 수 있는 특권까지 누리게 되었는데, 공연히 아는 체했다가 목숨이 날아갈 판이다. 똥판이 사판이 될 판이다. 최만생은 살 길을 모색한다. 환관은 그 머리 쓰는 것이 비상하고 독하다. 그는 홍륜을 비롯한 자제위의 한안, 권진 등과 밀모하고는 왕에게 흉수를 휘둘렀다. 왕을 암살한 것이다.

공민왕은 파란만장한 삶을 쥐새끼 같은 놈들의 손에 의하여 마감하게 된 것이다. 세계 최강의 군대와 맞서 싸우던 기개가 삶은 무 토막처럼 흐물거리다가, 똥을 닦아주던 인간에게 심기가 누설되어 목숨을 잃었다.

우리는 공민왕을 역사 속에서 재조명해야 하고, 민족정기를 고양하는 좋은 본보기로 가르쳐야 한다. 우리는 지난 역사를 잊지 말아야 한다. 왜냐하면 그것은 나에 대한 탐구이고, 나의 정체성의 문제이기 때문이다. 파란만장한 삶을 살다 간 공민왕을 회고하며, 위대한 민족 지도자가 반쯤의 성공만 이룬 채 허물어져간 역사의 아픔을 되새겨보아야 한다.

공민왕이 끝까지 독립 전쟁을 마무리 짓고 나라를 바로잡는 추력을 가졌었더라면, 오늘날 중국의 동북공정이니 하는 논란 자체가 성립될 수 없을 것을. 안타깝다. 그렇게 허무하게 스러지다니.

한편 공민왕의 영웅적 업적이 정사에서 상당히 폄하되어 취급되는 것은 이성계의 조선 건국을 정당화하기 위한 희생양적 성격이 짙다. 고려의 문란하고 엉망인 왕실을 부각하여 새로운 왕조가 나타날 수밖에 없었다는 것을 내세우는 근거로 제시된 측면도 부인할 수 없다.

어찌하였든 공민왕의 부침이 우리 역사의 큰 전기임은 틀림없다.

아서라, 천기(天機)는 잠자리에서든 술자리에서든 심지어 똥자리에서도 누설해서는 안 되는 것이다. 역사는 참 재미있는 숨은 이야기를 간직하고 있다. 마땅히 교훈으로 삼아야 할 것이다.

이성계의 담력

공민왕과는 달리 똥을 싸면서도 경계를 늦추지 않고, 신비한 힘을 발휘하여 대업을 이룬 이가 있다. 이를 두고 천운이라고도 하고, 하늘의 가호가 있었다고도 하는 것이다.

태조 이성계는 큰 꿈을 가지고 있었으나 그 심지를 드러내지 않았다. 그러나 이성계의 야망을 눈치챈 사람들이 다소 있었다. 천기를 누설해서는 안 될 일이지만, 그들은 은연중에 서로의 심지를 읽고 있었다. 그중에는 쌍둥이처럼 이성계를 따른 여진의

한 족장 출신인 통두란(나중에 '이지란'으로 성과 이름을 바꿈)도 있었다.

통두란은 이성계가 걸물인 것을 알아 의형제를 맺기까지 하지만 내심 불만도 많았다. 자신도 동북의 영걸이라고 자부하는데, 늘 이성계에게 가려 그의 막료가 되어 있으니 속이 편치 않았다. 이 점을 몹시 못마땅해 한 그는 이판사판 일을 벌여보기로 하였다. '하늘의 뜻'이 과연 누구에게 있는지 한 번 겨루어 보고, 정말 하늘의 가호가 이성계에게 있으면 그를 따르고, 그렇지 않고 자기에게 있으면 자신이 당당히 나서야 하리라 하고 마음을 다졌다.

구전되는 민담 수준의 이야기일 뿐이지만, 그 거사 방법이 참 재미있다. 통두란은 이성계의 무술이 워낙 뛰어나 달리 제거 방법이 없음을 알고 가장 경계가 느슨한 때를 노렸다. 고심한 끝에 그것은 바로 배변의 순간일 것이라고 생각을 굳혔다. 참 기발한 아이디어임이 틀림없다. 사람이란 너나 할 것 없이 똥을 눌 때만은 느긋하게 배설의 쾌감을 만끽하거나 아니면 변비로 고생하는 사람이라면 낑낑거리며 전신의 힘과 정신을 오직 아랫배에 집중하기 마련인 것이다. 그럴 때 누군가 일격을 가해 온다면 영락없이 당할 수밖에 없다. 진시황이나 히틀러, 스탈린 같은 독재자는 늘 암살이 두려워 온갖 상황에서도 기습적 공격에 대비하였다고 하지만, 똥 눌 때만은 그들도 어쩔 방법이 없지 않았을까.

통두란은 마침내 거사(?)를 하기로 하였다. 그는 노리고 있었다. 이성계가 측간에 들어가는 때를. 어느 날 아침 조반을 챙겨

먹은 이성계가 느긋하게 신발을 끌며 측간으로 들어가는 것을 보고 활을 집어 들었다. 결정적 시간을 노렸다. 이때다. 이윽고 활을 당겼다. 변소 문에는 조그마한 옹이구멍이 하나 나 있었는데, 딱 얼굴쯤에 있었다. 그곳으로 화살이 날아들면 바로 얼굴에 꽂히는 위치였다. 천하제일의 명궁이라면 통두란 자신과 이성계다. 운봉 전투에서 왜구 대장 아기발투의 투구를 벗기고 입안으로 화살을 쏘아 넣어 거꾸러뜨린 것도 두 사람의 합작이었다.

통두란은 순식간에 화살 세 대를 그 구멍으로 날려 보냈다. 이 판사판 일을 벌인 것이다. 그리고 그는 초조하게 기다렸다. 뜸을 들인 것이다. 널브러진 이성계의 모습을 그리면서. 그런데 이게 웬일인가? 변소 문이 벌컥 열리면서 이성계가 떡하니 걸어 나오는 것이다. 입에 웃음을 흘리면서. 왼손은 허리춤을 짚었고, 오른손에는 세 개의 화살이 들려 있지 않은가? 기절초풍할 일이었다. '쉭' 하는 화살 소리를 듣고 바로 손을 뻗어 낚아챈 것이다. 세 대를 모두 잡아채고는 마지막 똥 덩어리까지 떨어뜨리고 문을 열어젖힌 이성계 앞에 통두란은 무릎을 꿇었다. 더 이상 말이 필요하지 않았다.

여진의 추장 통두란은 그 후 이성계와 생사를 같이하였고, 조선 건국 후에는 제1등급의 개국공신이 되었다. 청해군에 봉해지고, 청해 이씨의 시조가 되었다.

옛날 시골 사랑방 등에서 떠돌던 이야기에 지나지 않지만, 영웅들의 굵고 넓은 도량과 탁월한 무술 이야기까지 곁들여 재미

를 더한 민담이다. 똥을 누다가 심기를 드러내어 죽임을 당한 왕
도 있고, 똥판에서 살아남아 대업을 이룬 왕도 있으니, 똥을 우
습게보지 말 일이다. 당신이 똥을 누고 있는 그 순간에 역사는
저만치 흘러갈 수도 있음을 잊지 말기를.

Episode 5

똥을 먹으며 키운 인재

*

평안도 정주의 오산고보는 일제 치하에서 수많은 민족 지도자를 길러낸 명문 중의 명문 학교였다. 주기철, 한경직, 함석헌 등을 비롯한 민족 지도자뿐만 아니라, 김소월을 비롯한 문화예술계에도 기라성 같은 선각자가 배출된 명문 사학이었다. 그래서 모두 훌륭한 학교의 전범으로 오산고보를 들고, 그러한 학교를 만들고 싶어 하는 것이 육영에 관심을 둔 사람들의 꿈인 것이다.

오산학교는 일제 치하에서도 굽히지 않는 민족교육의 요람이었다. 민족의 자긍심을 갖고, 우리 말글 지키기와 항일 독립정신 고무가 학교의 기본강령이었던 대단한 학교였다. 여준, 이광수, 함석헌, 이탁, 김기홍 등이 가꾼 학교다. 이 학교를 세우고 심혈을 기울여 가꾸어낸 이가 남강(南岡) 이승훈(李昇薰) 선생이다. 이승훈 선생이 3·1운동으로 감옥에 있을 때 학교를 맡아 꾸린 이가 또한 고당(古堂) 조만식(曺晩植) 선생이다. 조만식 선생은 세 차례 9년간이나 그 학교 교장을 맡아 학교의 모든 기틀을 다져놓았다.

남강 이승훈 선생은 어려운 어린 시절을 보내면서도 성실하고 정직한 성품을 잃지 않았다. 선생은 또 근면한 학구열로 많은 책을 읽고 안목을 키웠다. 그의 근면하고 정직한 성품은 주변 사람들의 인정을 받게 되었다. 그러고는 차츰 그에게 큰일을 맡기기도 하였다. 그럴수록 그는 더욱 성실하고 정직하게 최선을 다해 일했다. 그의 능력이 차츰 드러나면서 사업가로서의 입지가 굳어져갈 무렵, 스스로 창업을 하였다. 처음에는 유기그릇을 파는 장사를 시작했다. 그는 지극정성으로 사업에 몰두했다. 그의 사업은 나날이 발전하였다. 그는 명석하였고, 또 근면하여 점차 사업이 확대되었다. 사업에 투신한 후 온갖 노고를 다하여 마침내 거상이 되었다. 부자가 되어서도 항상 어려운 사람들을 돌보았고, 민족에 대한 열정을 잃지 않았다.

그러던 그가 육영을 통한 민족 세우기에 나선 것은 1907년 7월, 평양에서 도산(島山) 안창호(安昌浩) 선생의 교육 진흥에 관한 강연을 들은 것이 결정적 계기가 되었다. 도산과의 우의가 깊어지며 큰 감화를 받았다. 그리고 두 사람이 주도하여 신민회를 세우고 이끌어갔다.

남강 이승훈 선생은 민족의 질과 형을 높이는 신민주의적(新民主義的) 정신으로 우리 겨레가 바로 서야 한다고 믿었다. 그러기 위해서는 학교를 지어 젊은이를 바르게 가르쳐야만 한다고 생각했다. 그는 마침내 오산학교를 세웠다.

남강 선생은 경술국치 이후 평양에서 한석진 목사의 설교를

74

들고 감화를 받아 기독교에 입문하였다. 남강은 무엇이든지 시작하면 지극정성으로 하는 성품이었다. 그는 지극한 기독교인이 되었다. 우리나라 기독교계에서 평안도를 기독교의 성지라고 여기게 된 데에는 이러한 이유가 있다.

남강 선생님은 3·1 독립운동에 기독교 대표로 적극적으로 가담하여 그 중추적 역할을 다하였다.

"내가 한 일 없이 죽는가 하였더니, 이제 죽을 곳을 찾았다."

3·1 독립선언에 참가하면서 선생께서 하신 말씀이다. 죽음을 각오한 거사였고, 그러한 마음이 이 땅의 민중을 이끌어낸 것이다. 남강 선생으로 인해 기독교계가 3·1운동에 적극 가담하게 된 것이다. 월남(越南) 이상재(李商在) 선생이 소극적으로 뒤로 나앉은 자리를 선생께서 훌륭히 메우신 것이다.

*

선생은 학교를 지어 운영하면서 학교의 소사(잡역부), 사환, 교사의 일까지 스스로 다 감당했다. 학교의 관리며 운영을 도맡아 하려니 그 고단함이야 이루 말할 수 없을 지경이었을 것이다. 그러나 선생은 민족이 살아나는 길은 유능한 인재가 많이 육성되어 민족의식과 민족 정체성을 찾아가야 하는 것임을 굳게 믿고, 그 백 년의 터전을 닦으신 것이다.

하루는 졸업하여 사회 지도자가 되어가고 있는 제자들과 환담하는 자리를 가졌다. 학창시절이 화제가 되었을 때 선생께서 학생들의 똥을 많이 잡수셨다고 하여 모두 처음에는 의아해하다가 나중에야 크게 웃었다고 한다.

김기석이 쓴 『남강 이승훈』이라는 책에 선생께서 학생들의 똥을 잡수셨다는 일화가 소개되어 있다.

그 당시에 학교 변소는 모두 재래식 화장실이었다. 요즘 청소년들에게 재래식, 곧 푸세식 화장실을 이야기하면 이해가 잘 안 될 것이다. 사실 1980년대까지만 해도 학교의 화장실은 수세식이 아닌 재래식이 많았다. 그러니까 일제 치하의 해방 전 모든 학교의 화장실은 재래식이었다. 당시의 오산고보도 예외일 수 없었을 것이다.

그런데 우리나라의 겨울, 특히 평안도의 겨울은 몹시 춥다. 당시에는 난방이라는 것이 모두 부실해서 떨며 겨울을 지내야 했는데, 그중에서도 화장실의 추위는 가히 살인적이었다. 함경도의 개마고원 지대에서는 겨울에 야외에서 오줌을 누면 오줌이 순식간에 얼어 탑처럼 쌓여 올라올 지경이라고 한다. 그런 혹한에 바람이 설렁설렁 들락거리는 변소에 알궁둥이를 까고 앉아 용변을 보는 것 자체가 고문인 셈이다.

그런데 남강 선생의 고통은 거기에 있는 것이 아니고 학생들의 배변 뒤처리에 있었다. 워낙 날씨가 춥고 보니 아이들이 눈 똥이 똥통 속에서 팍 퍼져 뒤엉키는 것이 아니라 탑이 되어 뾰족하게 솟아올라 오는 것이다. 이렇게 올라온 똥 탑은 배변 구멍으로 솟아 나중에는 변을 보는 사람의 항문에 닿아 찌르거나 똥이 묻거나 하는 것이었다. 이 지경이 되면 변소의 기능을 거의 상실하게 되어 문젯거리인 셈이다. 이럴 때 이것을 해결하는 데 주저하지 않고 나선 사람이 바로 남강 선생이다.

학교의 설립자이자 사환이며, 잡역부이던 선생에게 이 똥 탑은 분쇄해야 할 과업이었다. 선생께서는 방과 후에 도끼를 들고 이미 천정부지로 솟아오른 똥 탑을 쳐부수기 위해 변소로 가 그것을 찍어 무너뜨리셨다. 추운 겨울에 얼어 굳은 똥 탑을 도끼로 찍어 무너뜨리려니 여간 고역이 아니었을 것이다. 그런데 이 작업 과정에서 언제나 파편(이럴 때 이것을 똥 덩어리라고 말해야 하나?)이 얼굴을 때리고, 심지어 입으로까지 날아들어 퉤! 퉤! 뱉으며 작업을 하였다. 그러다 보니 아이들의 똥을 많이 잡수셨다는 말이 과장은 아닌 것이다.

학생들이 농담 삼아 "선생님 좋은 것 많이 잡수셨습니다." 하면 선생께서는 웃으면서 "아무것인들 먹으면 좋지."라고 답하셨다고 한다.

민족 지도자이신 선생께서 궂은 일 마다치 않고 지켜 이룬 학교가 오산고보이다. 그것이 바로 젊은이들에게 혼을 불러일으켰고, 나라를 지키고 민족을 이끄는 힘이 된 것이다.

또 남강 선생은 3·1운동의 주동자로 감옥 생활을 할 때에도 똥과 각별한 인연이 있었다. 그 스스로 택한 길이었다. 일제 치하에서나 그 이후 상당 기간 감옥에는 변기가 감방 안에 있었다고 한다. 그래서 냄새도 나고 불결해 서로 변기 가까이에서 자지 않으려고 했다. 그러다 보니 자연히 신참이 그 자리를 차지했다. 그러나 이승훈 선생은 감방에 계실 때 스스로 자신이 변기 가까이에서 잠을 자고, 또 똥통을 혼자서 치웠다고 한다.

"내 민족의 똥이니 반가이 쳤다."

그분 앞에서 무엇이 더럽고 성가신 존재였겠는가? 스스로 똥에 다가가신 위대한 영혼이 있었기에 우리가 이렇게 살게 된 것이다.

오늘날 우리의 국력을 이모저모로 분석하여 종합적으로 평가하면 우리는 세계에서 열 번째 내외의 위치를 차지한다고 한다. 매우 객관적 준거를 가진, 다른 나라에서도 대개 인정하는 그런 위상이다. 이것은 단군 이래 우리가 이룬 최상의 수준이다. 치우천황이나 광개토대왕 때 우리 국력이 대단했다고 하는 사람도 있지만, 사실이라고 단정할 수 없는 부분이 있거나 또 영토적 측면만 주목받은 것일 수도 있다. 영토가 커야 나라가 부강하다고 생각하는 사람도 있겠고, 부분적으로 나도 긍정하기는 하나, 진정한 국력이라는 의미에서 우리는 지금까지 우리가 꿈꾸어왔던 나라를 거의 완성해가고 있다.

남북이 통일되면 그것은 더 쉽고 강하게 이루어질 수도 있을 것이다. 그러면 무엇이 우리의 오늘을 있게 하였는가? 수도 없는 이유와 변인들이 있었겠지만, 그중 가장 중요한 좋은 지도자가 있었다는 것을 간과해서는 안 된다. 이승훈 선생이 똥을 잡수신 것이 우리에게 거름이 된 것이다. 이승훈, 안도산, 이상재, 조만식, 박정희…….

우리는 위대한 지도자를 원한다. 지금 이 나라는 타는 목마름

으로 갈구한다. 진정한 지도력을 가진 지도자를. 교육자, 종교
인, 정치인, 기업인. 바른 지도자는 곳곳에서 필요하다.

"하느님, 우리에게 모세를 보내주소서."
바른 지도자가 그립다.

III
분노의 똥

성난 호랑이 울부짖다

연암(燕巖), 길을 가리키다

우리 역사를 통째 뒤집어놓아도 한 사람의 박지원만한 위인이 없다. 군사, 과학, 예술, 학문 그 어느 분야이든 세계에 자랑할 만한 위인이 왜 없겠느냐만, 우리의 정신과 시대를 바꾸어 세계의 흐름에 맞추어 나가야 함을 간파하고 그것을 위해 평생을 바친 사람이기 때문이다. 다른 위인들이 샘물같이 맑고 영롱하고 찬란하다면 연암은 대하요, 거대한 산맥이다.

조선 400년을, 아니 그 이전부터도 우리의 의식세계를 틀어쥐고 있던 한반도적 가치관과 사변철학(思辨哲學)에서 전혀 새로운 사상체계를 수립하며 우리가 어디로 가야 하는가를 극명하게 제시해준 이가 연암이다.

그의 생각을 우리가 좀 더 적극적으로 수용하고 변화를 시도했다면 세상이 달라졌을 것이다. 메이지유신으로 부국강병을 이룬 일본에 나라를 통째 내어주고 온갖 부끄러운 짓들을 일삼다가 두 동강이 난 나라 꼴과, 그 속에서 아직도 쥐새끼나 다름

없이 싸우고 있는 우리를 둘러보면 그러한 지도자가 더욱 절실하다.

연암을 비롯한 당대의 깬 사람들에게는 세상이 참으로 단순한 논리를 받아들이지 않는 것에 답답해하였다. 아주 단순하고 명약관화한 사실을 받아들이지 못하는 현실이 안타깝고 원망스럽기까지 하였다. 그뿐만이 아니었다. 그들은 그러한 생각들을 했다고 온갖 박해까지 당해 죽거나 죽을 지경까지 갔었다.

조선의 고질병

임진왜란과 병자호란을 당하고 나서 조선에서는 아주 당연한 국가적 화두가 자리 잡기 시작했다.

'우리가 왜 이 지경에 이르렀나?

'조선의 문제는 무엇인가?

'결국은 나라가 힘이 없기 때문이 아니냐. 힘이 없으니 왜놈과 중국놈들에게 치욕을 당하지 않았나.'

원인 분석은 너무나 뻔하였고, 결론 역시 뻔하였다.

'나라의 힘을 길러야 한다.'

'비록 작은 나라라도 힘이 있으면 그렇게 쉽게 무너지지는 않는다. 우리가 얼마나 지독하게 침략자들을 물리쳐왔는가.'

너무나 당연하고 아무도 이의가 있을 수 없는 결론이었다. 위로는 임금으로부터 아래로는 시정잡배까지 다 아는 논리였다. 그래서 그 논의는 저절로 결론을 향해 나가게 마련이었다.

‘어떻게 하면 나라의 힘을 기르는가?’

이 역시 뻔한 화두에 다다를 수밖에 없는 것이다.

‘물산(物産)을 많이 하고 유통해야 한다.’

불을 보듯 뻔한 논리였다.

곡물도 많이, 옷감도 많이, 쇠도 많이, 말과 소도 많이, 배도 많이, 대포도 많이, 총포도 많이, 수레도 많이……. 그래야 먹고, 입고, 타고, 달리고, 쏘고 할 것이 마련될 것이 아닌가?

즉, 생산성을 극대화해 산물이 풍요로워야 백성이 넉넉히 먹고 군사력도 키우게 된다는 것은 임금도, 사대부도, 시정잡배도 다 아는 사실이었다. 이것이 바로 실학이 태동한 역사적 근원이다. 실질적 학문으로 백성의 삶의 질을 개선하고 나라의 힘을 기른다. 젊은 학자들의 외침은 참으로 처절하였다. 하지만 그들의 주장은 강한 현실의 벽 앞에서 좌절할 수밖에 없었다.

물산을 많이 하여 세상을 바꾸어 놓으려면 무엇이 전제되어야 하나? 어떻게 해야 하나?

답은 너무나 평범하였다. 예나 지금이나 인간의 삶의 큰 원칙은 변함이 없는 것이다.

‘모두 일을 해야만 하는 것이다.’

여기서부터 조선의 고질병이 해결되지 않는 것이다. 일하기 싫은 병.

일하지 않고 사는 법, 조선의 모든 사람은 그것에 골몰해 있었다.

일, 즉 농업·공업·상업은 천민이 하는 것이고, 양반은 글을 읽고 시서를 가까이하며 예와 학과 천하의 대의를 논해야 한다. 이것이 조선의 지배계급은 물론 모든 백성의 골통 속에 들어 있는 영원히 지워지지 않는 사상이었다.

농(農)·공(工)·상(商) 하는 것들은 천한 것들이니 누가 스스로 천하여지고 싶겠는가? 눈에 불을 켜고 천한 일 안 하고 살려고 발버둥을 쳤다. 이 모양새니 어찌 생산성이 높아지며, 물산이 풍족해지겠는가?

개똥만도 못한, 풋개 거시기에 붙은 고름만도 못한 것들이 양반입네 하고 어기적거리고, 온갖 세도나 부리려고 드는 조선은 이미 싹수가 없는 나라였다. 망할 놈의 나라, 망해야 하는 나라인 것이었다.

양반이 망해야 나라가 산다

이러한 처지의 나라가 바로 서려면 해법은 지극히 당연할 수밖에 없다. 양반 제도를 타파해야 한다. 그래야만 농·공·상 즉, 산업이 진정으로 일어날 수가 있다. 그 길만이 나라를 구하는 유일의 길인 것이다.

그리하여 박지원을 비롯한 선각들은 모든 저술과 행동을 통하여 양반을 까부수기 시작했다.

‘양반 그것, 개좆같은 것이여.’

　나라가 사는 길은 그 길밖에 없다는 것을 알면서도 아무도 ‘나 양반 안 할래.’ 하는 놈이 없었다. 분위기가 심상찮으니까 더 기를 쓰고 떨어져나가지 않으려고 발버둥을 쳤다.

　나라는 그렇게 망하는 것이다. 나는 감연히 말한다. 조선왕조가 나라를 개혁하지 못하였으니 일본이 아니라도 그 누구에게라도 망했을 것이고, 이왕이면 외세에 의한 멸망이 아니라 내부적 시민 혁명에 의하여 붕괴되어야 했다는 것이다. 그 필연이 바로 동학혁명이었다. 그러나 이러한 필연의 순서가 외세에 꺾이고 말았다.

　박지원은 그가 할 수 있는 일이 저술을 통한 의식 개혁이고, 그것이 가장 먼저 일어나야 하는 혁신의 방향임을 알고 실행했다.

‘양반을 죽여야 조선이 산다.’

　그의 소설은 모두 이 하나의 주제로 일관한다. 양반이란 아무 짝에도 쓸데없는 허상임을 그려낸 것이다. 「호질」 「양반전」 「광문자전」 「마장전」 「예덕선생전」…….

　그중에서도 양반의 추하고 더러운 몰골을 가장 희화한 작품이 「호질(虎叱)」이다.

　똥통에 빠져서 겨우 기어 나온 부도덕하고 위선적인 양반을 앞에 두고 호랑이가 질책하는 것이다.

"더러운 양반의 고기……."

이쯤에서 조선의 양반들이 정신을 차려야 했던 것이다. 이 정도의 치욕을 당했으면 스스로 대혁신 운동이라도 벌였어야 했다. 그랬더라면 영국이나 일본의 귀족처럼 살아남을 수 있었을지도 모른다. 그것이 진정한 노블레스 오블리쥬를 실행하는 길이 아니었겠는가?

연암이 더러운 양반의 몰골을 희화할 때 왜 하필이면 '똥통에 빠진 양반'의 모습으로 그려냈을까? 그것은 '똥'의 원형질적 운명이요, 똥의 영원한 한계요, 동서고금을 막론하고 더러운 것의 대표이기 때문이다.

「예덕선생전」역시 똥으로 세상을 조롱하고 있다. 똥을 푸는 사람인 예덕선생과 부유(腐儒, 썩은 유생)들을 대비시켜 무위도식하는 소위 '양반'이라 일컫는 자들의 위선을 준열하게 논고하였다.

이즈음에서 '조선의 양반들이 똥의 참다운 의미를 알았더라면.' 하고 땅을 칠 수밖에 없는 것이다.

똥! 불의를 응징하다

*

1966년 9월 22일, 국회의원 김두한이 대정부 질문을 벌이던 중 "행동으로 부정·불의를 규탄한다!"라고 외치며, 답변을 위해 국회에 출석하여 국무위원석에 앉아 있던 정일권(丁一權) 국무총리와 장기영(張基榮) 부총리(경제기획원 장관) 등에게 느닷없이 오물을 퍼부었다. 국회가 발칵 뒤집어졌고, 정치판이 요동을 치는 엄청난 회오리가 일었다.

일제 치하와 대한민국 건국 전후기에 천하를 주유하며 협객임을 자부하던 풍운아 김두한이 세상을 향해 마지막으로 자기 존재 양식을 보인 사건이었다. 그는 주먹으로 그 세계를 평정하고, 나름대로 독립운동가 김좌진 장군의 아들임을 내세우며 자기 스스로 정의라고 생각하는 곳에 발을 디디고 서서는, '법(法)으로 안 된다면 주먹으로라도'라는 철학을 실행한 사람이었다.

그는 건국 전후에 백색(白色)의 테러까지 서슴지 않았던 한 시대의 풍운아였다. 좌우가 극심한 대립을 보이고 있던 시대에, 모두가 사상의 노예가 되어 서로 노려보고 흘겨보면서 법이 제대로 집행되지 못하던 시대에, 폭력으로 목적을 달성하려는 살벌한 시대에, 그는 나름대로 신념을 지니고 그것의 구현을 위해 목숨을 건 투쟁을 전개했다.

사실 몇 년 전부터 그에 대한 책, 영화, 기사 따위가 봇물처럼 쏟아지면서 우리 사회 '조폭 문화' 형성의 저변적 모델이 되기도 했다.

*

한 나라가 멸망하고 새로운 나라가 건국될 때는 동서고금을 막론하고 처절한 피바람이 불었다. 전쟁에 의해서건 협상에 의해서건, 한 나라가 망하고 다른 체제의 나라가 건국될 때는 잔혹한 살육의 피비린내가 천하에 진동했던 것이 역사적 사실로 증명되고 있다.

새로운 왕조나 나라를 일으켜 세운 집단은 그전의 집권 세력을 예외 없이 단죄하여 씨를 말렸다. 조선이 건국할 때도 그랬고, 심지어 반정이 일어났을 때도 그랬다. 이씨들이 국권을 찬탈하여 조선을 세울 때 왕씨와 그 주변 권력층은 처참하게 도륙되었다. 중종과 인조의 반정 후에도 일었던 피바람을 역사는 너무나 선명하게 증언한다.

일제는 패망했고, 조선왕조는 무너졌고, 임시정부는 무력했고, 미군과 소련군은 자기들의 영향력을 키우고 싶고. 이런 혼란의 와중에 뚜렷한 선두 주자가 드러나지 않은 채 사상과 이해에 얽힌 온갖 집단이 우후죽순처럼 일어나 나라가(실은 나라가 아직 없었던 때이다) 엉망진창으로 뒤엉켰을 때, 그래도 그것을 추슬러 낸 실세는 미국과 소련을 뒤에 업은 우익과 좌익 세력이었다. 그런데 이 두 진영의 세력 균형은 너무나 팽팽하여 어느 한쪽이 다른 한쪽을 완전히 제압할 형편이 못 되었다.

결과는 너무나 뻔했다. 갈라서는 것이었다. 남녀 관계도 그렇고, 조그마한 단체일지라도 그렇다. 한쪽의 힘이 매우 약하면 약한 쪽은 꼬리를 내리거나 우선은 잠복하여 시기를 기다리는 것이다. 힘의 논리는 어느 때나 똑같은 반응으로 나타난다. 너무나 팽팽한 균형은 그 어느 쪽의 양보나 항복을 받아낼 수가 없는 것이다. 따라서 딴살림 차릴 수밖에 없었던 것이 해방 후의 우리의 사정이었다. 남북이 갈라서는 것은 당시의 상황으로 볼 때 필연적 귀결이었다.

여기서 불행은 또 다른 불행을 낳은 것이다. 남은 남대로, 북은 북대로 자기들의 체제를 위협하는 불씨를 제거하려는 당연한 순서를 밟게 되고 그것은 처참한 숙청으로 나타난다. 북쪽에서는 자본가, 지주, 양반 계급에 대한 박멸이 계속되었고, 남쪽에서는 공산주의적 사상을 가진 자들에게 철퇴를 내렸다. 이러한 불행은 남북이 갈리고 새로운 체제가 등장하고 나서 상당 기간 각각의 체제가 정비될 때까지 계속되고 있었는데, 여기에 혼란을 더한 사건이 6·25 동란이다.

6·25 사변은 남은 남대로, 북은 북대로 정착되어 가던 체제에 또 한 번 혼란을 일으켰다. 남에서건 북에서건 도태되었거나 도태될 처지에서 지하로 잠복한 반체제들이 전쟁을 핑계로 반대쪽

에 붙어버린 것이다. 남과 북은 전쟁을 수행하기에 앞서 이러한 반동을 먼저 제거하려 했으나, 이들은 간헐적으로 나타나기 때문에 전쟁하면서도 숙청은 계속될 수밖에 없었다. 어느 쪽은 정당했고 어느 쪽은 부당했다가 아니고, 객관적 요인의 전개가 그럴 수밖에 없었던 것이다. 지금도 통일의 가장 큰 장애물은 이런 것들에 대한 공포감이 아닐까?

*

어쨌든 김두한은 앞서 말한 그러한 시기에 우익 진영의 행동대를 이끌던 인물임을 부정할 수 없다. 그의 행동이 북쪽 진영 사람들에게는 원수처럼 여겨질 수 있지만, 대한민국에서는 많은 지지를 받기도 했다. 그래서 그는 두 번이나 국민의 심판을 받아 국회의원이 되었다. 그것도 대한민국 정치 일번지라는 서울의 종로에서. 더더욱 야당 후보자로서 당선된 것이다.

당대의 정치는 그 시대 사람들에 의해 선택되는 것이 민주주의라고 생각한다. 그때 그 주민들은 그를 국회의원으로 뽑았다. 민주주의는 고정된 틀 안에 갇혀 있지 않다. 매우 유식한 사람들은 국민은 어리석으니 답답한 존재들이고, 자기들의 높은 이상과 경륜을 몰라주니 무시하거나 그냥 끌고 나가면 된다고 생각하기도 하는 모양이다.

어설프고 설익은 경륜을 치도라고 생각하는 싸가지들에게 이 땅을 떠나라고 말하고 싶다. 참으로 경계할지니 천박한 지식을 지식으로 생각하고, 천방지축 날뛰는 무리여! '그게 아니여, 그

게 아니랑께.'

나중에서야 '이 산 아닌게비유.'라고 말하지 말라. 정말 피곤
하다.

김두한이 국회에서 끼얹은 오물은 정확하게 말하여 똥물이었
다. 대한민국 정치 일번지 국회의사당이 삽시간에 똥물로 아수
라장이 되었다. 나는 이때 막 고등학교를 졸업한 때였는데 신문
에서 똥물을 닦고 있는 총리의 사진을 보고 참 민망하기도 하였
지만 참 우스꽝스러운 모습이라고 혼자서 낄낄거렸던 기억이 아
직도 생생하다.

윤봉길 의사가 수류탄을 던질 때쯤의 비장함이 그에게 있었을
까? 김두한은 말보다 주먹이 앞섰던 사람이다. 그 자신도 국회
의원선거 연설에서 "말로 안 되면 주먹으로 해결하겠다."라고
공언하였었다. 불의와 부정 앞에서 그 나름대로의 저항이었고,
우리 국민 중 상당수는 '거, 속이 다 시원하구먼.' 하고 생각하
였을 것이다.

사카린 밀수를 저지른 한비(한국 비료, 당시 삼성 이병철 회장의 소
유)와 그를 감싸는 관료들에게 말로써는 도저히 안 되겠고, 손 좀
보아야겠다고 생각하고 김두한 나름의 방법이 적용된 사건이 바
로 의사당에서의 똥물 투척 사건이다. 그는 그 똥물을 당시의 국
가종합청사인 중앙청 변소에서 채취(?)하였다고 진술하였다. 관
리들이 눈 똥이니 너희가 다시 먹으라는 심정이었을지도 모른
다.

어쨌든 이 사건으로 내각이 일괄 사표를 내고, 한국 비료는 국가에 헌납하겠다고 발표했다. 좌우간 참으로 많은 사건과 정치적 변화가 속출하였다.

'행동으로 부정과 불의를 규탄한다.' 는 말의 핵심에 똥이 자리 잡고 있었으니 장하다, 똥이여!

만해(卍海)의 욕설

*

"여러분! 이 세상에서 제일 더러운 것이 무엇인 줄 아십니까? 그것은 똥입니다. 그런데 똥보다 더 더러운 것이 있습니다. 그것이 무엇이겠습니까?"

만해의 얼굴에 다소 장난기가 번지더니 곧 의연하고 단호한 표정으로 바뀌었다. 그리고 그는 극장을 가득 메운 청중을 향해 결연히 내뱉었다.

"그것은 바로 이 자리에 모인 네놈들이다."

서슬이 퍼런 만해의 질타에 좌중은 물을 뿌린 듯 조용해졌다.

일본의 식민지 우두머리들과 그 졸개들이 조선 불교를 죽이고, 자기들 식의 불교를 획책하고자 어용 단체인 31본산(本山) 주지회(住持會)를 결성하고는, 한용운 선생을 여기에 억지로 끌어다가 축사를 하게 하였다. 이회광을 비롯한 가소로운 사이비 친일 불교인들이 모여 조선 불교인 대회랍시고 야단을 떨면서 만해에게 축사를 하라고 강권한 것이다.

그 속셈을 훤히 꿰고 있는 만해였지만 생각한 바가 있었다. 만해는 식장에 나아가 축사를 한답시고 연단에 섰다. 그러고는 이렇게 일갈했으니 그 식장이 난장판이 되지 않았겠는가?

"똥보다 더러운 것들."

똥보다, 송장보다 더러운 변절자들과 반민족 행위자들을 만해는 도저히 그냥 보고 있을 수가 없었다.

민족의 정신 깊숙이 자리 잡고 호국불교를 지향해오던 전통의 조선 불교가 이상한 왜식 불교에 굽실거리는 시대가 되어버린 것이다. 우리의 영혼까지 팔아먹으려는 앞잡이들에게 녹록히 물러날 만해가 아니었다.

속 시원히 들이부은 만해의 질타! 만해가 아니고 누가 그런 담력을 지녔을 것인가? 그가 그렇게 꾸짖으니 불가에서 밥을 먹었던 사람이라면 부끄러움을 느낄 수밖에 없었을 것이다.

'똥'이 더럽기는 더러운 모양이다. 가장 더러운 무리를 욕할 때 꼭 끼어야 하니 말이다.

그러나 똥이란 물건은 애초에는 향기롭고 아름다운 음식이었고, 또 내 몸에서 나온 것인데도 이렇게 더러운 것으로 매도당하고 만다. 그러나 진정 우리가 더러워해야 할 것들은 처음에는 아름다웠던 영혼들이 변절하여 스스로의 영혼을 팔아버리는 훼절의 무리인 것이다. 똥이란 물건도 처음의 향기롭고 아름답던 음식이 변하여 다른 것으로 화하므로 썩어 구린내를 풍기게 된 것이다. 사람의 정신도 마찬가지이다. 선비가, 지사가

제 본래의 아름다운 모습을 버리고 변했을 때는 처참히 더러워
지는 것이다. 그 더러운 정도는 똥으로는 비교될 수가 없는 것
이다.

*

만해 선사가 평생을 두고 더러워한 것은 변절자들이요, 죽을
까, 고통 받을까 벌벌 떠는 소인배들이었다. 만해는 그가 사랑했
고 의기투합했던 많은 위인이 하나하나 변절자가 되거나, 또는
일제의 탄압에 더 이상 견디지 못해 그 기를 꺾은 모습들을 보고
피눈물을 흘렸던 것이다.

최남선, 이광수를 보고 치를 떨었고, 이상재가 주저주저하는
것을 보고 시대를 탄식하며 울었고, 최린이 변절하는 것을 보고
제문(祭文)을 짓고 울부짖었다. 인간은 시대와 상황이 바뀌어도
불변하는 실체를 가지고 존재하여야 한다. 그것이 실존이다. 시
간에 따라서, 상황에 따라서 변화하면 남아 있을 본연의 형체가
사라져버리고, '나' 란 존재하지 않는 것이다.

그러므로 시간과 상황의 변화를 초월하는 자아를 확립하고 유
지하는 것이 실존이요, 그것을 영혼이라고 부를 수도 있을 것이
다. 이렇게 바뀌고 저렇게 바뀌고 그래서 본래의 것이 남아 있지
도, 무엇이었는지도 모르는 혼돈이라면 이미 우리는 존재를 상
실한 것이다. 그것은 어쩌면 인간이라고 부를 수가 없을 지경에
이른 것이다.

내가 만해를 영원한 겨레의 사부로 삼아야 한다고 이야기하는 것은 그의 학문, 신앙, 시적 재능보다도 그의 일관된 삶의 자세와 그 실행 때문이다.

"만일 좋은 이념을 가지고 있으면서도 실천하지 못한다면 그것은 좋은 씨앗이 있으면서도 심지 않고 봉지에 넣어 매달아 두는 것과 같다."

이것이 만해 스스로 실행을 다지고 또 권장한 그의 소신이었다.

그는 죽음을 초개같이 여기었고, 고통을 개의치 않았다. 그래서 겨레의 가슴에 영원히 살아 있게 된 것이다. 목숨을 유지하고자 발버둥을 쳤던 자들은 그 이름이 이미 잊혔고, 아니면 더러운 흙탕물을 뒤집어쓰고 있다. 그들은 그야말로 똥이 되었다. 만해와 그들의 경우는 하늘과 땅의 차이가 아닌가?

만해가 그토록 미워하던 변절의 무리는 항상 어느 곳에나 있었던 모양이다. 특히 세상이 난세라고 알려진 시대에 더욱 변절자들이 기승을 부린다. 변절자들은 항상 부화뇌동하는 졸개들을 거느리고 자신의 영향력을 자랑하며 다닌다.

조지훈 시인이 「지조론(志操論)」을 짓고 피울음을 울던 시대와 오늘이 전연 다르지 않다. 교묘한 상황 논리를 펴서 자신이 어제 한 말을 오늘 뒤집고, 어제의 신념을 오늘 바꾸는 정치 지도자들을 볼 때, 왜 자꾸만 만해가 떠오르는가? 실로 두려워할 일이로다, 변절의 무리들아.

*

만해를 떠올리기만 하면 나는 왠지 온몸에 소름이 돋는다. 그 치열했던 삶이 나의 영혼을 울리고, 그 격렬했던 투쟁이 내 심금을 울리기 때문이다. 조국에 대한 열정, 시에 대한 갈구가 우리의 가슴속에 남아 겨레와 더불어 숨 쉬어갈 위대한 영혼을 우리는 붙들고 살아야만 할 것이다.

"님은 갔습니다. 아아, 사랑하는 나의 님은 갔습니다. 푸른 산빛을 깨치고 단풍나무 숲을 향하여 난 작은 길을 걸어서 차마 떨치고 갔습니다……. 나는 님을 보내지 아니하였습니다. 제 곡조를 못 이기는 사랑의 노래는 님의 침묵을 휩싸고 돕니다."

만해의 평생 화두는 '님'이었다. 그는 '님'을 찾아 나섰고, '님'을 사랑했고, 그 '님'을 가슴에 묻고 살다 갔다. 그는 결코 '님'을 떠나보내지 아니하였다. 그가 가슴에 '님'을 품고 있었기에 우리의 가슴에도 그 '님'이 남아 있게 된 것이다. 이제 만해는 먼 곳에 있지만, 그리고 우리는 '님'의 품속에 있다고도 볼 수도 있지만 그러나, 정말 그러나 우리는 아직 진정한 '님'을 찾은 것 같지가 않다.

우리의 참 '님'은 어디에 있는 것일까?

'님'이란 실체가 없는 존재인가?

그것은 처음부터 형이하학적 존재는 아닌 것이었나?

'님'이 있다고 해도 그것은 모두를 대상으로 한 '님'은 아닌 것인가?

'나의 님'이 존재할 뿐이지 '우리의 님'이란 존재할 수 없는 대상인 것인가?

처음부터 '우리의' 란 표현이 잘못된 것일까?

우리는 모두 각자의 '님' 을 가지고 있을 뿐 '우리의 님' 은 처음부터 존재할 수 없는 것은 아니었을까?

그럴 수도 있겠다. 만해는 우리가 모두 두루 품을 수 있는 '님' 을 말한 것이 아닐 수도 있겠다.

오늘날과 같은 이러한 시대에, '우리' 는 존재하지 않는다고 생각하는 시대에, 모두 '나' 일 뿐인 시대에 더욱 그러함을 느낀다.

우리는 누군가를 사랑할 자유가 있다. 그 사랑의 대상이 '님' 이라고 쉽게 말한다면, 나의 님이 너의 님일 수는 없다. 그리고 서로의 님이 누구인지도 알 필요도 별로 없다. 하지만 우리의 '님' 일 때는 우리는 그 실체에 매달리지 않을 수 없게 되는 것이다. 너와 나 모두의 '님' 일 때 우리는 당연히 그 '님' 이 누구인가에 대하여 천착해야 할 당위성을 가지는 것이다.

만해는 결코 '나의 님' 을 노래하지 않았다고 믿고 싶다. 그가 노래하고 사랑했던 '님' 은 분명히 '우리의 님' 이다. 그래서 그의 노래는 우리의 폐부를 찌르고, 우리를 오열하게 하는 것이다.

"만해여! 만해여! 오늘도 우리는 '님' 을 찾은 것 같지가 않소이다. 만해여! 구천에서 호곡하소서! 우리를 음우(陰佑)하소서!"

전영창(全永昌)과 맥카피(Mcaffe)

민족의 위기 앞에서

전영창(全永昌)! 이분의 이름을 알고 있는 사람이 얼마나 될까?

우리 사회가 좋은 스승 한 분을 가지기에 버거운 시대인가? 대한민국은 위대한 교육자를 잊어버려도 좋을 만치 건전한가? 세상이 다 그를 잊어도 나는 도저히 잊을 수가 없다. 나의 영원한 스승이고, 겨레의 사표이고, 이 시대의 진정한 애국자이신 전영창 교장을 떠올리면 먼저 눈물이 난다. 그는 진정한 종교인이요, 농촌 운동가요, 교육자였으며 무엇보다 정의가 숨 쉬는 사회를 구현하고자 했던 진정한 휴머니스트였다.

그는 전주 신흥학교 출신으로, 일제 통치하에 일본에 유학하여 신학(神學)을 공부하였다. 그때 일본 기독교계의 거목이었던 우찌무라 겐조(內村鑑三)에게서 큰 감명을 받았다. 유학 생활 중에 독립운동을 하다가 체포되어 일본에서 1년 동안 감옥 생활도 하였다. 그러다가 해방과 더불어 귀국했다.

그 후 대한민국 유학생 비자 1호로 미국에 유학하여 오랫동안 신학을 공부했다. 미국의 웨스트민스터대학에서 신학 공부를 하던 중에 6·25 사변이 발발하였다는 소식을 들었다. 그는 조국의 풍전등화 같은 운명을 멀리서 보고만 있을 수 없어 귀국을 서둘렀다. 곧 졸업하게 되는데도 다 팽개치고 귀국하려는 그를 두고 주변에서 모두 만류하였다.

그러나 그는 몸을 사리는 그들과는 달리 조국과 민족과 더불어 운명을 같이하리라는 각오로 귀국하였다. 그가 이때의 일을 술회하기를, 이스라엘과 아랍이 전쟁할 때 이스라엘의 유학생은 전부 귀국하였으나 아랍 유학생은 모두 숨고는 조국을 등졌다고 말하며 전쟁의 승리는 뻔한 것이었다고 했다.

복음병원 창설

귀국 후 그는 부산 영도에서 장기려(張起呂) 박사와 같이 복음병원을 세우고 불쌍한 동포를 구호하는 일에 진력하였다. 만신창이가 된 나라가 너무나 가슴 아파 무언가 보탬이 되고자 한 그는 장기려 박사와 더불어 일할 수 있어 보람 있었다고 했다.

그는 전쟁이 끝나자 다시 학업을 잇기 위해 미국으로 갔다. 그 후 신학대학원을 마치고 부흥사로서 활동도 하였지만, 조국 동포의 어려움과 종교적 소명 의식을 갖고 귀국하였다. 대전대학을 비롯한 여러 대학에서 그를 초빙했지만, 그를 애타게 찾아온 거창고등학교 관계자들의 말을 듣고 경남 거창에서 육영사업과 종교 활동을 하는 데 신명을 바치기로 하였다.

일제 통치와 6·25 동란이 할퀴고 간 상처는 너무나 깊었다. 한국 농촌은 피폐할 대로 피폐하여 그 살림살이가 말이 아닌 상태였다. 그는 농촌은 물론 대한민국 전체를 살리는 길은 교육으로부터 시작해야 하고, 한국인의 영혼을 구하는 길은 기독교 정신이 바탕 되어야 한다고 믿었다. 그래서 학교를 운영하며 이 두 가지를 다 이루고자 했다.

그는 경상도 막바지 거창에서 자기의 꿈을 실현할 고통스러운 삶의 역정을 시작한 것이다. 일본 유학 시절 함석헌 등과 같이 공부하며 성서연구에 몰두할 때, 그들을 통해 남강 선생이 세운 평안도 오산고보의 교육 운동을 전해 들었었다. 그럴 때 그는 자기도 꼭 그런 학교를 만들어보려고 다짐하였다고 한다. 그는 거창으로 가서 공민학교의 수준에 머물러 있는, 재정 상태가 극도로 어려운 거창고등학교를 인수하였다. 형극의 길이 시작된 것이다.

민족, 민주 교육의 횃불

그는 기독교 정신에 바탕을 둔 민족 교육을 목표로 하였다.

"여호와를 경외하는 것이 지식의 근본이다."

이 성경 구절이 그 학교의 교훈이었다. 그는 남강 이승훈, 고당 조만식, 함석헌, 장기려 등이 보여준 행적을 따르는 것, 곧 기독교 정신에 바탕을 둔 민족 교육 운동을 꿈꾸었다. 둘은 불가분의 관계라고 믿었다.

그는 학생들에게 강렬한 민족정신을 갖도록 교육하였다. 일제 치하의 고통을 되새기며 우리의 자존을 지키는 길은 민족정신을 가다듬는 것임을 누누이 설파하였다.

그리고 또 하나는 농촌부흥운동이었다. 가난한 농민의 자식 전영창은 한국의 가난한 농민의 자식들에게 가난을 헤쳐 나가고 농촌을 살려야 하는 책무가 있다는 것을 목이 쉬도록 외쳤다. 그는 불 뿜는 열변으로 학생들을 전율시켰고, 그들의 눈시울을 젖게 했고, 목메게 했다. 그의 열정에 가득 찬 웅변을 들은 학생들은 깊은 감동을 가슴에 새기고, 어금니를 깨물고, 두 주먹을 움켜쥐고, 투지를 불살랐다.

그의 농촌부흥운동은 남강 이승훈 선생이나 함석헌 선생이 농장을 경영하여 학생 교육에도 활용하였던 것과 궤적을 같이한다.

그가 거창고등학교에서 실현하고자 했던 중요한 교육 덕목 중 하나가 민주와 자주의 정신이다. 그 학교의 교가에는 '민주학원 건설의 전통 세우자.' 라는 구절이 있다. 졸업생들은 아직도 그 소절을 노래할 때면 눈물이 흐른다고 한다. 전영창 교장은 자기 스스로 앞장서 권력이 독재화되어 가는 과정에서 맹렬히 투쟁하였다.

3선 개헌, 유신 등의 어려운 정치 상황이 이 땅에서 전개될 때 그는 학교의 교장으로서 앞장 서서 학생들과 함께 시위도 하고 강연도 하며 불굴의 의지로 일관하다가, 교장의 직위를 박탈당하기도 하였다. 하지만 대법원에서 승소 판결을 받아 복직까지 하신 분이다. 그분의 지사적이며 순교자적 삶은 몇몇 책자로 세상에 소개된 바 있으나, 아직 그분이 세상에 제대로 알려진 것 같지 않다. 제대로 된 전영창 전기가 나오기를 고대한다.

전영창 교장이 학교를 인수할 때 취임식에 참석한 학생이 8명이었다고 한다. 그가 인수한 학교는 일제 치하일 때 호주의 선교사들이 선교원 겸 병원으로 사용하던 건물을 개조한 것이었다. 2층의 붉은 벽돌 건물은 지금으로 보면 조금 큰 가정집 수준의 크기였다. 학교라는 이름을 사용하고 있었을 뿐, 그야말로 형편이 말이 아닌 초라한 지경이었다. 기껏 8명의 학생과 선교원 건물. 이것이 그가 맡은 학교의 몰골이었다. 모든 것을 새로이 시작할 수밖에 없었고, 그것이 그의 소명이라고 믿었다.

우선 그는 새 교사를 지어야겠다고 생각했다. 학교 건물이 이런 상태여서는 공민학교의 수준을 넘지 못하고 제대로 된 교육이 이루어질 수 없다고 판단하였기 때문이다. 제대로 된 학교가 되려면 제대로 된 교실이 있어야 하고, 그에 딸린 부속실들이 갖추어져야 함을 알고 그 재원을 마련하기 위해 미국을 비롯한 구미 여러 나라의 지인들과 단체의 도움을 이끌어내 기금을 조성하였다. 일제의 압제와 남북 간의 전쟁을 겪은 한국 농촌의 현실을 알리고, 선교와 농촌 부흥과 교육을 위해 학교를 지어야 한다고 간절히 호소하였다. 그의 이런 정성이 여러 나라 사람들의 심금을 울려 한 푼 두 푼의 성금이 모인 것이다.

그는 그 돈으로 새 건물을 지었다. 열악한 학교 재정 때문에 이후에도 이런 모금 활동은 계속되었다. 편지를 통하거나 아니면 직접 미국과 유럽으로 달려가 한국 농촌의 교육을 위한 모금 활동을 전개했다.

그가 늘 가슴 아프게 생각한 것은, 한국 아이들을 가르치는 데 정작 한국 사람은 인색하였다는 점이다. 심지어 헐뜯고 훼방하는 사람과 집단도 있었다.

교육의 보금자리를 짓다

온갖 고초를 다하여 모은 성금으로 학교를 지었다. 교실 여덟 개와 예배할 수 있는 강당이 전부인 학교였지만, 그의 눈물과 피와 땀이 밴 건물이었다. 그 어려움 속에서도 그는 당시 최고 수준의 학교를 지었다. 교실 바닥은 고급 내장 타일 재를 사용하였고, 천장은 방음 단열재를 시공하였고, 거기다가 스팀 난방을 하였다. 그리고 놀라운 것은 수세식 변소까지 곁들인 건물이라는 사실이었다. 그 시대 그 촌구석에 수세식 변소라니. 기어 들어가고 기어 나오는 초가집에 살며, 낮고 좁고 악취가 나고 똥물이 튀어 오르는 변소에서 죽을 고생을 하며 뒷일을 보고는 짚을 비벼서 밑구녘을 닦아내야 하는 촌놈들에게 수세식 변소라니. 이런 것이 바로 경천동지(驚天動地)인 것이었다.

전영창 교장은 일제 강압 시기에 일본에서 유학한 후 잇달아 미국으로 건너가 오랜 세월을 신학 공부에 전념하신 신학자이자 부흥사였다. 그는 성서 연구를 통한 구원을 목표로 라틴어는 물론 히브리어, 고대 그리스어까지 넘나들며 신학적 지식 체계를 세웠고, 청중을 사로잡는 웅변은 당대 한국 사회에서 그 맞수를 찾기가 어려울 정도였다.

그러한 그가 경상도 막바지 최고의 오지인 거창에서 농촌을 부흥시키는 농민 운동과, 기독교 선교와, 교육 활동을 아우르는 길을 찾은 것이 거창고등학교의 인수와 경영이었다. 그래서 최신식 건물을 지어 한 학년이 두 반인 총 여섯 학급의 학교 운영을 시작한 것이었다. 뜻은 가상하였지만 참으로 형극의 길을 걸었다.

헌 골덴 바지 하나로 겨울을 나고, 교장·교사·사환의 일까지 해야 했고, 일요일이면 예배를 이끌어야 했으니 참으로 그가 아니면 할 수가 없는 일이었다.

학교 경영에서 가장 어려운 것은 '돈'과 '사람'이었다고 그는 술회하곤 하였다. 가난하고 조그마한 시골 사립학교는 학생들의 월납금만 가지고는 경영할 수가 없었다. 1960년대는 국가와 지방자치단체는 사립학교에 단 한 푼의 지원도 하지 않으면서 시시콜콜 간섭만 일삼는 시대였다. 돈이 없으니 선생님들 월급을 제대로 줄 수가 없었다. 종이 한 장 제대로 살 돈이 없었다.

그 당시 궁핍하기 이를 데 없는 거창 같은 곳에서 지역 유지의 도움 또한 기대할 수 없었다. 외국에서의 모금으로 겨우겨우 살림을 꾸리는데, 그분 자신의 말씀대로 죽을 지경이었고, 심지어 죽기로 결심한 적도 한두 번이 아니었다. 최악의 상황에서 절망적 죽음을 맞이하려고 할 때 가까스로 구원의 손길이 미치곤 하였다면서, 하느님의 은총이 아니고는 이룰 수 없었다고 술회하곤 하였다.

그리고 또 한 가지 어려운 점은 위에서 언급한 대로 사람을 얻는 일이었다. 어떤 경영에서든지 돈과 사람만큼 중요한 것은 없다. 학교도 마찬가지이다. 전 교장 역시 사람이 아쉬웠다. 자신의 신념을 알고 손발을 맞추어줄 동반자가 아쉬웠다. 학생 교육은 물론 학교 재정에 이르기까지 신실한 살림꾼을 찾아 일을 안심하고 맡길 만한 동지이자 지우가 될 사람을 찾기란 쉽지 않았다. 좋은 교사를 확보해야만 좋은 학교를 만들 초석을 놓을 텐데 능력 있고, 경력 있고, 명문대학교 출신인 교사가 척박하기 짝이 없는 궁색한 시골 사립학교에 와서 근무하고 싶겠는가?

교사를 모집하는 광고를 내고, 쓸 만한 사람을 골라서 시골로 내려가자면 모두가 손사래를 치니 전 교장이 얼마나 기가 막혔겠는가? 그는 그 어려움을 기도와 불굴의 의지로 극복해나갔다. 조국과 민족의 살길은 교육밖에 없고, 그 뿌리와 근본을 가꾸고 이루겠다는 그의 비전이 한 농촌을 교육 도시로, 대한민국 교육의 희망으로 싹틔운 것이다.

그의 인생과 이룸에 대하여는 다른 자리를 빌려 이야기하기로 하고, 여기서 말하고자 하는 것은 왜 그가 그 어려운 살림에 그 당시 대한민국의 어떤 학교에서도 없었던 시설을 지었는가 하는 점이다. 그저 수용소 비슷한 교실에 칠판 댕그랗게 걸어놓고 책걸상만 집어넣은 후 학교랍시고 학생들을 끌어 모아 치부를 하고는, 교육 재벌이 되어 부귀영화를 누린 학교 설립자들을 우리는 수없이 보았다. 그들은 아직도 막강한 세력으로 한국 교육을 요리하고 있다.

그런데 전영창 씨는 왜 없는 돈까지 써가며 그 궁벽한 촌놈들에게 스팀 난방이 되는 교실과 수세식 변소를 지어주었을까?

그는 미국에서 12년간 유학하면서 선진국의 건물과 학교 시설에 대하여 잘 알고 있었다. 그가 키워내야 할 학생들이 미래지향적이고 세계적 인간이어야 함을, 또 우리 사회가 불원 그렇게 될 것임을 그는 간파하고 있었던 것이었다.

똥도 제대로 못 싸는 한국인

그런데 지금 이 이야기의 핵심은 바로 이 수세식 변소에 관한 일화다.

전영창 교장은 학교와 학생들을 위하여 미국과 캐나다 등지로부터 지원을 받으며, 선교사의 파송도 요청하였다. 학교 건물을 신축하는 일을 돕고자 미국으로부터 맥카피(Mcaffe)라는 목수일을 전문으로 하는 선교사가 왔다. 아내와 처녀티가 나는 딸과 함께 왔는데 닥스훈트라는, 당시로서는 처음 보는 땅개 두 마리도 같이 데리고 와서 관심을 끌었다.

그는 학교 구내의 사택에서 거주하면서 선교 사업보다도 학교의 건축과 건물 관리에 힘을 쏟았다. 맥카피가 가끔 설교하거나 연설하는 것을 들은 일이 있는데 썩 잘하는 설교는 아니었지만 삶의 현장에서 겪은 소탈한 이야기를 무리 없이 전개했다. 맥카피는 본래는 목수였지만, 워낙 신앙심도 깊고 봉사하고 싶은 의욕도 강해서 한국 시골의 미션 학교에 와서 선교사적 일을 보게 된 것이다.

나는 그가 8·15 광복 기념일에 우리 군민(郡民)이 모여 기념식을 하던 공설 운동장 자리에서 축사한 내용을 기억한다. 그날 그가 우리 군민에게 한 이야기 중에서 내 기억에 또렷이 남는 구절이 있다.

"여러분! 나는 오늘 이 자리에 오면서 들판에 세워져 있는 원두막을 보았습니다. 그 원두막은 농부가 자신이 가꾸는 수박을 지키기 위하여 세운 것입니다. 그 원두막에서 농부는 밤낮 수박을 지킵니다. 여러분! 그 농부처럼 여러분도 밤낮없이 여러분의 나라와 자유를 지켜야 합니다. 그렇지 않으면 누군가가 와서 훔치거나 빼앗아갑니다."

나는 그날 그의 연설이 매우 소박하다고 느꼈고, 한편 매우 진실하다고 생각했고, 또 우리가 한없이 부끄러웠다. 밤낮없이 수박은 지키면서 정작 꼭 지켜야 할 나라를 잃어버린 불쌍한 족속들……. 참 부끄러웠다.

그러던 어느 날, 맥카피가 고국으로 돌아간다는 소문이 돌았다. 소문의 진원지는 정수 형이었다. 공부는 별로 못하지만 성실하고 착한 그 형은 너무 가난해서(우리보다 더 가난해서) 선교사 사택에서 허드렛일을 돕는 아르바이트를 했는데, 우리는 영어를 잘 못하는 형이 그 집에서 그들과 어울려 지내는 것이 하도 신기해 가끔 호기심 어린 질문들을 하곤 했었다. 그 형의 얘기가 맥카피가 돌아가려고 짐을 싼다는 것이었다.

우리는 영문을 모르지만 다소 아쉽다는 생각은 했었다. 그런

108

데 나중에 알고 보니 맥카피와 전영창 교장이 다투어서 두 분이 갈라서기로 작정하였다는 것이다. 그리고 그 다툼의 핵심에 '똥'이 있었다. '또 웬 똥?' 하고 갸우뚱하겠지만 그 분쟁의 핵심은 분명 '똥'이었다. 그리고 예의 그 수세식 변소가 실마리였다. 미래 지향적 학교를 지어 촌놈들에게 과분한 수세식 변소를 지어준 것까지는 좋았는데, 문제가 자꾸 발생하는 것이었다.

그 당시만 해도 우리나라의 화장실은 거의 푸세식이었고, 배변 뒤의 뒤처리 방식은 가장 선진화된 것이 신문지나 헌책을 찢어서 사용하는 것이 고작이었다. 요즘같이 화장지 따위는 있는 줄도 몰랐다. 알았다 한들, 똥 닦는 데 돈을 들인다는 것은 날아가는 새가 뒤집어질 일이었다.

하여 그 아름다운 변소에서(사실 나는 집과 학교가 가까워 아침 먹고 집에서 뒷일을 안 보고 일부러 학교까지 달려와서 처리하곤 하였다), 그 정결한 변소에서 아침의 배설을 처리하던 그 상쾌함.

그런데 이 수세식 변기는 많은 문제점을 낳았다. 대변을 본 후에 뒤처리하던 밑닦개, 즉 휴지가 지금처럼 부드러운 것이 아니고 신문지나 책장을 자른 두꺼운 종이가 고작이니 변기가 사흘이 멀다 하고 막히는 것이었다. 그 좋은 화장실(실은 우리나라 사람들이 화장실이나 W·C란 용어는 수세식 이후부터 썼고, 그냥 통시 아니면 뒷간, 조금 고급스럽게 변소라고 불렀다), 우리의 화장실이 자꾸만 막히니 그 기능을 상실하기 일쑤였다. 그런데 문제는 그 고을에서 수세식 화장실을 수리할 수 있는 사람이 별로 없었다는 점이다. 내가 그 당시 우리 거창군의 모든 것을 알고 있는 사람은 아니지만 정말 그 화장실을 돈도 들이지 않고 손볼 사람은 바로 맥카피뿐이었다.

맥카피는 사흘이 멀다 하고 화장실에 몽키스바나나, 펜치, 드라이버 등을 들고 들락거려야 했다. 그뿐만 아니라 정화조(쉽게 말해 똥통)를 걸핏하면 뒤적거리고 뚫고 해야 했으니, 시쳇말로 얼마나 열 받았겠는가? 아무리 선교사라 해도 그렇지, 참는 것도 한계가 있지, 나 같았어도 그냥은 못 넘길 일이었다.

그래서 어느 날, 맥카피와 전영창의 설전이 벌어졌다.

"거, 똥 좀 잘 누라고 교육 좀 시키십시오."

전 교장은 물론 처음에는 참았지만, 또 부끄러웠지만, 마침내 맥카피가 "한국 사람들은 똥도 제대로 못 눈담?" 하였을 때는 참지 못하였다. 한국인의 자존심을 건드리고, 무시하고, 비웃는 일은 도저히 참을 수가 없었다. 수천 년의 문화 민족이 일본놈들의 핍박과 6·25의 상흔 때문에 이 지경이 된 것도 억울해 죽겠는데, 코쟁이들이 우리더러 '똥도 제대로 못 싸는 놈들' 이라고 무시하는 욕설에 가까운 비아냥거림을 듣고는 "당신 같은 선교사는 필요 없어. 한국인의 자존심을 무시하고, 비난하는 자들로부터 구걸하듯 도움 받지 않겠다." 하고 대갈일성(大喝一聲)하였다. 그로 인해 맥카피는 짐을 싼 것이다.

나는 맥카피가 매우 훌륭한 종교인이요, 봉사자라는 것을 인정하면서도 우리 교장 선생님의 그 굳은 정신만은 너무나 존경스러웠다. 비록 가난하더라도 천하지 않아야 하고, 남의 도움을 받더라도 당당하고 바른 자세를 가져야 할 것이다. 특히 남을 도울 때는 받는 이의 아픔을 배려한 도움이어야 함을 마음 깊이 간직해야 하리라. 그것을 잊어버리면 참다운 도움의 정신을 잃게 되는 것이다.

'똥'!

그렇게 별 볼일 없는 존재가 아니다. 가끔은 민족의 정신(?)이 그 속에 숨어 있다.

IV
똥의 사회학적 발견

똥이 어디 무서워서 피하나

*

똥은 무서운 존재가 아니고 더러운 존재다. 길을 가다가 똥 무더기라도 본 사람이라면 누구나 고개를 내젓고, 숨을 틀어막고 기겁을 한다. 마치 그 모습이 무서운 호랑이라도 만난 듯하기에 이런 속담도 생긴 것이 아닌가 싶다.

사실 무서운 대상을 만나도 피하고 싶고, 더러운 대상을 만나도 피하고 싶은 것이 인지상정인데 그 반응이 유사하여 무서워서 피하는 것인지 더러워서 피하는 것인지 대중이 가지 않기에 이런 말도 나온 것이 아닐까?

또 따지고 보면 무서운 것과 더러운 것의 차이 또한 그렇게 명백하지 않을 때도 있어 어중간한 처지일 때, 이 표현은 두 상황을 동시에 정리해내고 장면을 전환하는 수단이 되기도 하는 것이다.

누구나 이런 난감한 일들을 몇 번쯤은 겪었으리라. 성질대로 한다면 확 싸질러 버리기도 싶고, 때려눕혔으면 싶지만 누구 말마따나 '그놈의 법 때문에' 참고, 또 그럴 때마다 예의 명언 "똥이 무서워서 피하나, 더러워서 피하지.” 하는 절구를 토해내는 것이다.

살다 보면 가끔 사람의 부아를 채우고, 성질을 건드리는 것들과 만나는 경우가 있다. 그럴 때일수록 되도록 이성적으로 일을 해결해야 한다고는 하면서도 일이 잘 안 풀리는 경우가 많다. 상대방이 나의 진정을 몰라주거나 아니면 의도적으로 나를 도발시켜 나의 실수를 은근히 유도하는 때도 있다. 그러니까 시쳇말로 ‘맞아도 싼 놈’ 들이 더러 있다는 말이다.

*

한번은 급한 일이 있어 바쁘게 운전을 하다가 신호 대기 중이었다. 누군가 무슨 소리를 질러대는 것 같아 옆을 보니, 옆의 택시 기사가 나를 향해 무어라고 욕을 퍼붓고 있었다. 아마 내가 나도 모르게 그 기사의 주행을 방해하였거나 무슨 얌체 짓이라도 한 모양이었다. 나는 바쁘게 오느라고 어떻게 된 영문인지 알 수가 없어 그저 미안하다는 표시로 고개를 끄덕이며 조금의 성의를 표하였다. 그러나 그 기사는 다음번 신호 때도 또 옆에 차를 붙이더니 욕지거리를 퍼붓는 것이었다. 그때 나도 수양이 덜 된 탓이었겠지만 부아가 치밀었다.

“보소, 뭐가 잘못되었는지 잘 모르겠지만, 운전하다 보면 있을 수 있는 일 아니요.”

나도 짜증을 내어 대거리를 하였다. 내가 교통 법규를 크게 위반한 것은 아닌 것 같고, 그저 그 기사의 성질을 건드린 정도였을 텐데 하는 믿음이 있었기에 나도 강하게 대꾸한 것이다. 아, 그런데 그 기사는 갑자기 더욱 흥분하더니 차를 길 한복판에 세워놓고 내려서 나의 운전석 옆에 붙어서는 육두문자를 퍼붓는 것이었다. 나도 본래 성깔깨나 있는 인간이어서 그냥 차 문을 밀치고 나와 그와 마주 섰다.

신호가 바뀌었는지 차들이 빵빵거리기 시작하였다. 상대는 다부져는 보였어도 내 덩치에 비하여 다소 왜소하였다. 정말 한 주먹감도 되지 않아 보였다. 길 한복판에서 시비가 벌어졌으니 주변에 차들이 정지한 상태로 아우성이다. 순간적으로 내가 생각해도 '이건 아니다.' 싶어 말을 끊고 차를 타려고 하는데, 이 아저씨가 내 몸에 손을 대는 것이다. 갑자기 이성을 잃을 정도로 흥분하여 하마터면 그 사내를 칠 뻔하였다. 그러나 그때 내가 참은 것은 참 잘한 일이었다. 나는 매우 모욕적이었지만 참고 또 참으면서 한 마디를 뱉고 차 안으로 들어앉았다.

"똥이 무서워서 피하나."

예의 그 구호를 외치고 체념 어린 마음으로 먼 곳을 바라보았다. 주변에서 계속 빵빵거리고 다른 운전자들이 소리를 질러대니 그 기사도 욕설을 두어 마디 더 하고는 자기 차로 돌아갔다.

그날은 종일 기분이 좋지 않았다. 그 인간을 패대기를 쳐야 속이 시원할 것인데 그냥 물러나온 것이 너무 겁쟁이였던 것 같아 자존심이 상했고, 또 한편 처음부터 대꾸하지 말아야 한 것인데 자제하지 못한 것에 부아가 났다.

　며칠 지나서 동료들과의 술자리에서 내가 당한 그날의 치욕을 이야기하였더니 모두 한결같이 큰일 날 뻔하였다고 나를 위로하였다. 하지만 나는 씩씩거리며 '그런 놈에게는 법보다 주먹이어야 한다.' 라고 기갈을 부렸다. 그랬더니 같이 앉은 사람들이 나의 순진함에 실소를 지으며 "운수 대통한 거여." 하는 것이었다.

　말인즉슨 나같이 성질깨나 있어 보이는 인간을 낚시질하는 극소수의 나쁜 사람들이 있다는 거였다. 조그마한 실수를 빌미로 들러붙어 온갖 모욕을 준다는 것이다. 그렇게 약을 올리고 도발하여 자신의 몸에 손이라도 대었다 하면 그대로 쓰러지며 자해를 한다는 것이다.

　"그러면 한 겨울 사는 거야."

　그들은 그렇게 남의 돈을 뜯는 못된 인간이라는 것이다. 나는 그제야 그런 유사한 이야기를 신문 기사 등에서 읽었던 것이 생각났다.

　'아, 내가 순간적으로 물러난 것이 잘한 짓이었구나.'

　연전에 '구타유발자(毆打誘發者)들' 이라는 영화 제목을 보고는 '그것 참 재미있네.' 라고 생각한 적이 있었다. 하지만 정작 영화는 보지를 못했는데 세상에는 정말 '구타유발자들(맞아도 싼 놈들)' 이 깔려 있다. 이 영화의 내용과는 전혀 상관없겠지만, 이런 인간들을 만났을 때 우리는 이 한 마디밖에는 할 말이 없을 것이다.

　"똥이 무서워서 피하나, 더러워서 피하지."

그런데 이 천하의 명언이 정말이지 나의 비겁함을 감추기 위하여 쓰였음에랴.

*

내가 한창나이일 때 직장 상사와 심한 다툼을 한 적이 있었다. 성격이 모가 나서 그런 다툼은 자주 하는 편이었지만, 그날은 좀 심하게 상황이 전개되었다. 정말 그런 부당한 일을 참으며 살고 싶지 않았다. 누가 보아도 나의 주장과 처지가 옳고 정당한 일이었다. 나는 그날 직장을 그만두어야겠다고 생각하고 끝장을 보려고 했다.

그때 나의 절친한 친구이며 후원자인 모씨가 나에게 다가와 호통을 치며 "평소 이러지 않는 사람이 오늘 왜 이러시나. 자, 조금 시간을 두고 다시 의논합시다. 자, 자! 저리로 가서 우선 차나 한 잔 마시자구." 하며 나를 끌다시피 하며 그 상사의 방에서 데리고 나왔다.

그날 두세 명의 친구들이 퇴근 때 나를 데리고 대폿집엘 갔다. 모두 흥분도 하고 헛기침도 하면서 나를 위로하고 타이르기도 하였는데, 그날 동료들이 내게 한 이야기의 핵심은 바로 그 명언이었다.

"어디 똥이 무서워서 피하나? 더러워서 피하지."

그때 나의 비굴이 여지없이 드러나고 말았다. 나는 매우 비장한 체하면서 그들의 그 말을 받아들였다. 아니 나는 그들이 그렇게 중재해오기를 은근히 기다리고 있었다. 그리고 차마 가슴 깊

이 숨어 있는 가장 치욕적인 말, "목구멍이 포도청이지."라는 말
은 다잡아 누르고 있었다.

"똥이 무서워서 피하나, 더러워서 피하지." 하는 이 말은 아직
도 나의 비겁을 가리고 자신을 보호하는 보호막이 되고는 있지
않은지 나는 매일 자괴한다.

똥 묻은 놈과 겨 묻은 놈

*

"조지 워싱턴이 너희만 할 때에 벌써 고을 젊은이들의 지도자로서 독립 운동을 이끌고 있었어. 도대체 네놈들은 이 나이에 무엇들을 하고 있냐 말이다."

선생님의 강개(慷慨)한 호령 소리를 듣고는 한 학생이 중얼거렸다.

"조지 워싱턴은 선생님 나이에 대통령이 되었는데 선생님은 도대체 무엇을 하였는지."

누군가 지어낸 유머이리라. 흔히 듣는 유머지만 촌철이 능히 폐부까지 파고든다. 우리는 남에게 충고하고, 지시하고, 또 겁주기를 예사로 하고 있다. 그러면서도 자신에 대하여는 매우 관용적이다. 또 흔히 듣는 그 징그러운 췌사(내가 하면 로맨스요, 남이 하면 스캔들) 앞에서 개떡 같은 심정이 된다.

남을 질책하는 것은 따지고 보면 참 어려운 일이다. 자꾸 자신을 돌아보게 되기 때문에 웬만하면 참으려고들 한다. 또 요즘 젊은이들에게 함부로 질책했다가는 무슨 봉변을 당할지 모른다. 모른 척하는 것이 몸보신에 제일이라는 풍조가 만연해 있다.

질책을 하는 것은 내가 꼭 우위에 있어야만 가능한 것은 아니다. 다만 일이 잘못 진행되거나 길을 벗어났음을 지적할 때 귀찮아도 쓴소리를 하는 경우가 있을 수 있다. 살다 보면 꾸중을 들을 일도 있고, 꾸중할 일도 있는 것이다.

*

우리는 누구나 완벽할 수는 없다. 아니, 그 누구도 완벽하지 않다. 따라서 충고하고 훈계하는 자는 완벽해야 한다는 전제는 있을 수 없다. 다만 연장자로서, 또 인생의 선배로서, 아니면 부모나 형으로서 아랫사람에게 훈계하거나 지시하거나 질책할 수는 있는 것이다.

그러나 우리 주변의 사람들은 충고하고 질책하는 사람에게 나긋나긋하지 않고, 도덕적 완결성을 요구할 때가 많다. 그때마다 눈을 흘기거나 입을 비죽대며 볼멘소리로 중얼거린다.

"자기는 무얼 잘 한다고."

"똥 묻은 놈이 겨 묻은 놈 나무라는 꼴이구먼."

충고나 질책하는 말이 딱 귀에 거슬리거나, 상대의 시답잖은 꼬라지가 정말 마음에 안 든다는 얘기다.

물론 이유 있는 항변일 수 있다. 그러나 이렇게 중얼거리는 사람들도 한 번쯤은 되짚어볼 자세는 가져야 한다.

완벽한 자만이 충고할 자격을 갖고, 또 그것이 가능한 것은 아니다. 충고하는 자의 자격이나 신분 또 그의 도덕적·업무적 위상으로 충고의 내용을 희석해서는 안 된다는 것이다. 나를 질책한 그 사람을 중심으로가 아니고, '질책한 사실이 본질을 적시(摘示)한 것인가?' '우리는 그 지적에 상응한 일을 벌인 것인가?' 하는 내재적 접근이 있어야 할 것이다. 쉽게 말해 말한 사람이 누구든 그 말이 '말 되는 소리' 인가를 따져보아야 한다. 그렇게 해야 사실의 본질에 접근하는 것이다. 그래야 문제가 해결될 것이다.

작금의 정치판 돌아가는 꼴을 볼작시면 '바른 지적인가? 옳은 소리인가?' 에 논의의 초점이 맞추어 있지 않다.

"당신들은 뭘 잘 했어. 너희가 할 때는 더 엉망이었어."

"너희는 차떼기고, 우리는 자전거떼기 정도야."

이렇게 본질을 벗어난 주변적 정황으로 날 가는 줄 모르고 싸우고 있으니 논리도 없고, 이론도 없고, 양식도 없고, 그러다 보니 저절로 국가도 국민도 없는 것이다. 한마디로 저질들의 저질스런 싸움을 보다 보니 국민들에게도 전염이 되어 온 국민이 저질 되기 시합이라도 벌이고 있는 듯한 저질 나라가 될 판국이다. 정말이지 DDT라도 뿌려 이런 '찌질이' 들을 박멸하고 싶다는 것이 시대를 고민하는 사람들의 한숨이다.

"똥 묻은 놈이 겨 묻은 놈을 나무랄 수도 있다."

'무엇 묻은 놈' 이 중요한 것이 아니고 '무슨 말을 했는지' 에 초점을 맞추어 토론과 논의가 이루어져야 하지 않겠는가? 그렇지 않고 형식 논리가 본질을 호도하고 모두가 미쳐(?) 날뛰니 세상 살기가 참 힘들다.

물론 자신의 밑이 구린 사람은 남 앞에서 행세하거나 발언할 때 항상 조심해야 할 것이다. 마치 자신은 정말 잘하고 있거나 오류가 없다는 착각 속에서 언행해서는 안 될 것이다. 그런 사람은 처음부터 존재할 수가 없으니 말이다.

하지만 가진 것 없고, 배운 것 없고, 바르게 행실하지 못했더라도 애비와 에미는 그 자식을 질책할 수 있고, 형과 누나는 아우를 꾸짖을 수 있는 것이다. 그리고 인생은 수많은 다양성과 변화 속에서 영위되는 것이기 때문에 어떤 면에서 잘못이 있다고 다른 모든 면이 따라서 잘못되었을 것이라는 선입관은 옳지 않은 것이다.

다만 우리는 충고하고 질책할 때 겸손해야 한다.

'나는 오류가 많고 그렇게 도덕적이지는 않다. 그러나 아무리 보아도 이런 일은 잘못된 것 같아 한 마디만 하련다.' 하는 자세. 다시 되돌아보는 지혜가 필요하다. 이런 정도의 충고라면 상대도 어느 정도 마음을 열지 않겠는가? 또 받아들이는 쪽도 '말인즉슨 맞구만.' 하는 열린 가슴을 가져야 하지 않겠는가? 좀 조용하게 말하자. 조용하면서도 진지한 토론 문화가 절실하다.

똥! 똥이 또 왜 이런 골치 아픈 논쟁의 핵심에 있어야 하나? 모두 똥이 되어 똥처럼 낮추어 살 일이다.

못된똥 덩이 낙동강을 거슬러 오르다

*

집안에 잔치라도 있거나 명절이 되어 모처럼 노소가 모여 주과를 나누며 담소를 나눌 때 꼭 누군가 찬물을 끼얹는 인간이 있다. 집안마다 다소 차이가 있기는 하겠지만 이런 꼴통은 너나 할 것 없이 가문마다 한둘이 있는 것 같다.

우리 집안에도 예외는 아니다. 작년 가을, 큰집 형님 팔순잔치 때도 사단이 있었다. 모처럼 집안 노소가 모여 덕담을 하며 술이 몇 순배 돌아 거나해지려는데, 뒷골 조카가 또 사단을 일으킨 것이다.

"그런데 아자씨들 지난 가실에 말들 허던, 에 그러니께 그 뒷배미 문중 땅이 수용되고 그 보상이라는 게 지금 우째 처리 되았소?"

갑자기 찬물을 끼얹은 듯 아무도 대꾸가 없고 가끔 헛기침 소리만 들렸다.

"아, 무식헌 놈도 사실을 좀 알아야 허지 않겠는교. 돌아가는 푼수를 지들도 좀 알아야 허지 않겠수."

들다 못해 못골아재가 밭은기침을 하고는 대답했다.

"자네가 모임에 몇 번 빠져서 그려. 그 다들 양해가 되어 일이 처리 종결되어 부렀다네."

"아니, 그라믄 좀 알카 줘야 쓰지요. 통 무시해 뿌리믄 서운하지요. 우리도 다 자격이 안 있는교."

부면장 하던 작은댁 조카가 불끈하는 소리를 한다.

"아, 다들 알려 줬지. 모두 불당골 그 제실 보수하는데 말짱 쓰기로 그리했구마. 동생만 모르고 있나보네."

"뭔 소리여 시방. 새말 경호도 당췌 모르는 소리라고 허든데. 누구는 알고 누구는 몰라도 된 가베유."

이쯤에서 큰집 형님이 그만들 하라고 버럭 고함을 치는 바람에 일단은 종결되었다. 하지만 숯골 작은 할아버지는 에헴하고 자리를 털고 일어서버렸고, 잔치 분위기는 영 아니게 되었다.

그때 누군가가 비아냥하는 소리를 하였다.

"못된 똥 덩이 낙동강을 거슬러 오른다더니. 에이, 쯧쯧."

나는 참으로 오랜만에 들어보는 소리라 그만 웃음이 나왔다.

'못된 똥 덩이…….'

자주 쓰는 말이었지만 요즘에는 전혀 쓰지 않는 말이다.

*

1960년대까지 부산 시민이 배설하는 대소변의 거의 전량을 인분 수거 차량이나 수레가 다니면서 퍼 날랐다. 수거 인부들이 집집의 변소 안에 가득한 오물을 바가지로 퍼서 나무 똥통에 담아 수레나 차에 져다 나르고, 그 수거 전량을 낙동강에 버리었다. 나중에 기술이 발달하여 큰 호스로 가정의 똥통에서 차까지 바로 빨아들이는 수거 방법이 개발되기도 했으나 수거된 인분의 거의 대부분을 낙동강에 투척하였다.

낙동강 하류 하단에는 유명한 똥다리가 있었다. 수거된 인분을 강 한복판까지 흘러가도록 설치한 똥다리는 시멘트 구조물을 연결한 큰 관이었다. 부산 전역에서 수거한 인분을 하단 근처 집하장에서 그 관으로 흘려보내면 똥은 낙동강 한가운데로 떨어져 다대포 앞바다에 이르러 바닷물에 희석되는 것이다. 또 똥배가 있어 수거된 똥을 배에 실어서는 낙동강 하구를 지나 바다에다가 투척하기도 하였다. 먹는 것도 문제지만, 먹고 싼 것을 버리는 것도 큰 문제였다. 특히 대도시에서는.

그런데 낙동강에 투척된 똥 덩어리가 바다로 바로 흘러들지 않고, 주로 밀물 때 상류로 다소 밀려올라 가는 경우가 가끔 있는데, 그래서 나온 우스개가 '못된 똥 덩이 낙동강을 거슬러 오른다.' 라는 농짓거리다.

사람 사는 세상에 어디 모두 똑같은 생각을 하여서야 쓰겠냐만, 유독 남의 비위를 긁고 어깃장을 놓는 인간들이 있다. 시대의 어리석은 흐름을 비판하고, 새롭고 창의적인 아이디어나 사상을 가진 선각들을 우리는 존중한다. 그들이야말로 나태하고 안일에 빠지려는 인류를 구원해내는 분들이다. 나 자신도 그렇게 되고 싶었고, 그렇게 되라고 아이들을 가르쳐왔다.

그런데 이와는 대조적으로 합의와 연대를 깨고, 많은 구성원들의 속을 뒤집고, 억지를 부리며 정서적 안정과 화목을 흩어버리는 사람들은 참 같이하기가 어렵다. 오죽했으면 공자(孔子)조차도 "여자와 소인은 다루기 어렵다."라고 했겠는가?(여성을 비하하려는 의도가 전혀 없음을 알아주시기 바란다. 본인은 근실한 페미니스트이다.)

우스갯소리에 손톱가시랭이를 거꾸로 잡아당기면 사람 가죽을 다 벗길 수 있다고 한다. 작은 가시랭이 같은 것이 큰 사단이 될 수도 있다는 말이겠는데, 우리 사람들 중에 이런 가시랭이가 있다는 것이다. 바로 이 가시랭이가 바로 낙동강을 거슬러 오르는 똥 덩이인 것이다.

우리는 모두 "나는 아니야." 하며 살고들 있다. 자기는 아니라는 것이다. 그러나 '못된 똥 덩이' 가 바로 나일 수 있고, 나 자신 오늘도 남들의 비위를 뒤집는 일을 무시로 하고 있는지도 모른다. 사람 구실하기가 쉽지는 않지만, '못된 똥 덩이' 신세로 전락하여 남의 눈총이나 받고 살지는 않았으면 한다. 인간의 몸에서 나왔지만 가장 추하고 역겨운 '똥' 의 신세를 생각하면, 모두 한 뿌리지만 '똥' 같은 놈도 있으니 참으로 살아가기 힘든 세상이다.

*

그런데 그때 그 시절 인분을 수거하던 직업을 가졌던 분이 그 일을 너무나 성실히 하여, 사업적 아이디어와 배포를 가지고 그 일을 기업 수준으로 발전시켜 큰 부를 축적한 분이 있었다. 사람

126

들이 모두 눈을 찌푸리고 고개를 돌리며 외면하던 그 똥에다가 인생을 걸었고, 그 똥으로 사업을 경영하여 부를 축적하였던 것이다.

매일 아침 마을을 돌며 개똥을 주워 알부자가 된 가난한 농군의 이야기는 앞서 언급하였지만, 이분은 개똥하고는 수준이 다른 인간의 똥을, 그것도 도시 전체의 똥을 요리(?)하겠다는 꿈을 가지고 마침내 크게 이룬 것이다.

수백 명의 인부를 거느리고, 수십 대의 차량을 운영하며 기업화시킨 것이다. 나중에는 더 발전시킨 위생회사를 차려 남들에게는 보이지 않은, 크게 알려지지 않은 돈을 끌어 모아 알부자가 된 것이다.

도시의 똥이며 쓰레기를 방치했을 때의 고통은 큰 환란의 수준이다. 누군가가 그것들을 치워 처리해주지 않는다면 도시의 기능은 마비되고 삶 자체가 불가능해진다. 그래서 그들이야말로 음지에서 일하여 인간의 삶을 밝게 만들어주는 양지를 지향하는 존재들인 것이다. 이 문구는 어디서 많이 들어보셨을 텐데, 바로 대한민국 모 권력부처의 표어로 한때 무소불위의 힘을 자랑하지 않았던가. 바로 그런 일을 도시의 오물을 처리하는 그들이 한 것이다.

그늘 속에서 다소 천한 돈벌이라는 보이지 않는 폄하도 받아가며, 그러나 꾸준히 제 길을 가며 부를 축적한 이 분은 참 바른 심지를 가졌던 분이고, 한 걸음 더 나아가 그 나름 사회를 정화하는 길을 실행한 분이었다. 더러운 것을 치우고 번 고마운 돈은 그것을 가치 있게 씀으로 아름다운 마무리가 되는 것이다.

나는 이렇게 모은 재산을 육영사업으로 사회에 돌려주신 훌륭한 분을 알고 있다. 우리는 그에게 똥을 주었지만 그는 우리에게 사랑으로 돌려준 사람이다. 그는 자신의 이러한 사업 전력이나 육영사업을 자랑한 일이 없다. 그러나 그가 꿈꾼 것은 똥을 치워 세상을 깨끗이 하고, 다음에 아이를 가르쳐 인간들의 머리까지 깨끗하게 해보려 했던 것이리라.

D고등학교는 부산의 명문 사학이다. 입시를 비롯하여 인간 교육에도 다른 학교의 모범이 된, 새로운 전설을 만든 학교이다. 이 학교의 설립자는 학생과 교직원의 복지 등에 많은 투자를 하였다. 그 선행 뒤에 이런 이야기가 가려져 있음을 우리는 알아야 한다.

앞서 말한 남강 이승훈 선생이 똥을 먹었다는 이야기와 근본 틀에서는 유사하다고 하겠다.

'똥으로 키운 인재'. 우리는 거룩함을 말할 때, 혐오스런 말을 쓰지 않으려 한다. 이것이야말로 위선이다. 지금 바로 너의 그 뱃속에 한 아름 안고 있는 똥을 부정하며, 지고지순을 말하는 위선 앞에서 똥은 절망한다. 머리 가죽과 뼈통 속에 온갖 지저분하고, 악의적이고, 어쩌면 살의까지 감추고는 매우 선한 소리만 지껄이는 무리 앞에 더 이상 절망하기도 싫다.

똥만도 못한 것들이 설쳐대는 세상이 역겹다.

똥구멍으로 호박씨 까기

＊

세상에 표리부동한 인간들을 두고 이야기할 때 단골로 쓰는 용어가 "똥구멍으로 호박씨 깐다."라는 표현이다. 겉으로 짓는 표정이나 제스처와는 전연 딴판인 짓을 벌이는 인간을 두고 말할 때 주로 사용하는 속담이다. 그런데 이 속담의 뉘앙스는 재미있게도 주로 여성을 대상으로 흠을 잡을 때 쓰는 관용적 표현이라는 점이다. 겉으로 드러난 행동거지나 말과는 전연 다르게 뒤로는 이상한 짓을 남몰래 저지르고 있는 여성을 가리킬 때 "그 여자 뒷구멍으로 호박씨 까고 있어."라며 헐뜯는 것이다.

"뒷구멍으로 호박씨 깐다."는 말에 대하여 그 어원은 무엇이며, 용법은 무엇이냐 등등 궁금증을 가진 사람이 많은데 차제에 이를 분명히 할 필요가 있겠다.

여러 가지 정황을 종합해 볼 때 첫째, 이 말의 주된 대상은 여성이라고 사료된다. 여성들의 예사롭지 못한 행동을 비난할 때 이 말을 주로 사용한다는 데 유의해야 할 것이다.

남자들의 이상한 행동을 비난할 때는 좀 더 굵은 표현을 쓴다.

“자제과에 김과장, 그 사람 똥구멍으로 호박씨 깐다며?”

이런 표현은 뭔가 걸맞지 않다. 여성적 앙큼함이나 은밀성이 결여되어 있기 때문이다.

둘째, 이 속담을 주로 사용하는 경우는 부정(不貞)한 행동을 저지르는 여성을 욕할 때 거의 사용된다는 점이다. 거짓말을 한다거나 사기나 폭력, 자기 과시 등에 이러한 표현을 쓰지 않고 뭔가 정숙하지 못한 행동을 은근히 꼬집는 데 주로 사용된다.

“그 여자 얌전한 줄 알았더니 뒷구멍으로 호박씨 까고 있었다지 뭐야.”

“아니, 미스 김이 호박씨를 까고 있다고?”

“호박씨를 깐다.”라는 표현은 얌전하다라든지, 요조숙녀라든지 하는 말과는 상대적 개념으로 쓰이는 말이다. 그것은 비정상적 남녀 관계를 설정하고 쓰는 말인 것이다. 이와 유사한 표현에 “얌전한 고양이 부뚜막에 먼저 올라간다.”라는 속담이 있다. 이 역시 얌전하고 요조한 줄 알았던 여자가 한술 더 뜨더라고 비난할 때 쓰는 말이다.

*

위의 경우를 종합해볼 때 이 속담은 여성의 은밀한 성적 모험을 비난하는 말이 그 본래의 용처임이 분명하다. 그런데 왜 하필 ‘똥구멍’이라는 말을 쓰고 ‘호박씨’라는 단어를 썼으며, ‘까다’라는 과격한 용어가 사용되었는가가 또한 의문이다.

본래 이 속담은 ‘뒷구멍으로……’ 에서 출발하였는데 나중에 똥구멍으로 바뀐 것으로 본다. ‘뒤’ 라는 말과 ‘구멍’ 이라는 말이 결합하여 뒷구멍이 되었는데, ‘뒤’ 는 곧 ‘항문’ 또는 ‘똥’ 이란 말과 동의적 의미를 가지고 있다. ‘뒤 본다.’ 는 똥 눈다는 말이고, ‘뒷간’ 은 변소를 일컫는다. 이러한 의미의 유사성에서 ‘뒤’ 가 ‘똥’ 으로 대체되기도 한 것이다.

또 ‘구멍’ 이란 말은 ‘구석진 곳’, ‘문’ 또는 ‘방향’, ‘수단’ 의 뜻을 지니고 있다.

‘나갈 구멍이 있어야지.’

‘구멍이 뚫렸어.’

‘솟아날 구멍이 있다고.’

그래서 본래 ‘뒷구멍’ 이라는 말은 ‘은밀한 수단’, ‘보이지 않는 방법’, ‘남들 모르는 곳’ 이란 뜻이다. ‘미군 부대 뒷구멍으로 나온 물건’ 이란 부정하게 흘러나온 물건이란 뜻이다.

“똥구멍으로 호박씨 깐다.”라는 속담이 주로 여성을 대상으로 쓰다 보니 그 ‘구멍’ 의 은어적(隱語的) 속성 즉, 비밀스러운 곳이라는 뜻과 더불어 앞쪽 구멍이 아닌 뒤쪽 구멍과 결합해 똥구멍으로 전이되었다.

그리고 호박씨는 예나 지금이나 고소하고 맛있는 간식이다. 요즘은 수입품이 넘치니 싸고 흔하지만 옛날에는 호박을 자르고 끄집어내어 잘 닦아 말려야 하는 공정 끝에 먹을 수 있었다. 그 다음에도 손톱으로 힘들여 까야 입에 들어갈 수 있다. 그런데 한 알 까서 입에 넣고 또 한 알 까서 입에 넣으면 먹는 것 같지도 않고 간에 기별도 가지 않기에, 누구나 호박씨는 까 모았다가 한꺼

번에 먹는다. 그래서 "호박씨 까서 한 입에 털어 넣는다."는 속
담도 생긴 것이다. 할머니나 어머니가 자기는 먹지 않고 한 알
한 알 까 모았다가 아들이나 손자의 입에 탁 털어 넣어주는 것이
다. 그 까는 공에 비하여 한 번에 탁 털어 넣어버리면 다소 허망
스럽기도 한 것이다.

어쨌든 호박씨는 아주 고소하고 상큼한 간식인데 공을 들여야
입에 들어간다. 입에 들어가면 그 맛이 기막히다. 그래서 '호박
씨를 깐다.' 라는 말은 '공을 들인다.' 는 뜻 즉, '음모를 꾸미다.'
에다가 '쾌락을 즐긴다.' 라는 뜻까지 곁들여진 것이다.

하여 "똥구멍으로 호박씨 깐다."라는 속담은 여성이 겉보기와
는 다르게 은밀하게 성적 모험을 즐기는 것을 일컬을 때 쓰는 말
인 것이다. 이제 제대로 이해되었을 줄 안다. 이 속담에 공연히
무슨 설화가 있네 하고 말 만드는 사람들 이야기는 믿지 말아야
할 것이다. '호박씨 까는 사람들' 말 믿지 마세요.

똥 덩어리도 맏똥 덩어리가 크다

*

우리 속담에 "똥 덩이도 맏똥 덩이가 크다."라는 말이 있다. 말인즉슨, 똥이 인체에서 배출될 때 가장 먼저 나온 똥 덩이가 굵고, 크고, 길다는 말이다. 맞는 말이다. 우리는 매일 변을 보고 배설물을 눈으로도 확인하니 잘 알 수 있다. 변비가 있는 사람은 물론, 보통 사람도 똥을 눌 때 제일 첫 덩이를 밀어내는 것이 힘들다. 모두 힘을 쏟고 용을 써야 한다. 사람의 병 가운데 가장 기본적 병이 똥 못 누는 병이란 말이 있을 정도로 누구나 배설은 다소 힘을 주어야 하는 일이다. 그것도 첫 덩이가 나올 때가 가장 힘들고, 그 다음은 좀 쉽게 빠져 나온다. 아이를 낳는 것도 초산이 힘들듯, 무엇이든 처음 빼내기가 힘든 모양이다.

사람이 똥을 눌 때 힘들고, 또 치질이란 병이나 변비가 생기곤 하는 것은 인간이기 때문에 감수해야 하는 업보이다. 이청준도 그의 소설에서 치질과 인간의 숙명에 대하여 쓴 적이 있다. 인간이 직립하면서 항문을 잠그는 기능 즉, 괄약근이 따라서 진화하였으니 무엇을 탓하겠는가?

"똥 덩이도 맏똥 덩이가 크다."라는 속담은 보잘것없는 똥 덩이도 처음 나온 것이 큰 것처럼 사람도 맏이가 크고 넉넉하다는 뜻으로 인용되곤 한다.

막내가 다소 이기적인 데 비해 맏이는 순하고 포용적이며 체구도 다소 크다고 알려져 있다. 그래서 흔히 농담 삼아 "똥 덩이도 맏똥 덩이가 크다."라고 하며 장남 우월론을 펴기도 하는 경우가 있는 것이다. 특히 친구들끼리 서로 형님이라고 우기다가 자기가 연장자임을 과시하며 자신의 도량이 넓고 배포가 큼을 쓱 내비칠 때 우스개로 하는 말이다.

*

그러나 하찮은 똥 이야기가 그리 터무니없지는 않다. 생물학적 우생학에서 어떻게 정리하는지 모르겠으나 오랜 삶 속 많은 사례에서 보건데 맏이는 체형이 큰 것은 확실하고 막내는 좀 작다. 돼지나 개 등도 제일 마지막에 나온 놈이 좀 작다.

그리고 맏이는 성격도 좀 온화하고 양보심도 나름대로 있다. 그도 그럴 것이 형은 어릴 적부터 늘 내어주는 일에 익숙하기 때문이다. 자신의 젖자리도 아우에게 주고, 어머니 품도 내어주고, 입던 옷이며 장난감이며 모든 것을 동생들에게 주어야 한다. 늘 '너는 형이잖아', '형님이 참아야지', '형이 그러면 쓰나' 하는 말을 귀에 못이 박히도록 들으며 자랐으니 자기의 위상을 늘 의식하고 살아온 것이다. 하여 남에게 베풀 줄을 알고 또 그만큼 덕성과 리더십도 있다. 아우들은 이에 비해 영리하고, 재빠르며,

도전적이고, 창의적인 특성을 가지고 있다고 한다.

우리 조상들은 인간의 삶과 그 구성 간의 역학적 관계를 가장 가까운 것을 이용하여 촌철의 표현으로 절묘하게 그렸다. 말에는 겨레 정신과 삶의 궤적이 녹아 있게 마련이다.

그런데 요즘은 '맏이'의 수난 시대이다. 예전의 농경사회나 유교적·가부장적 전통사회에서는 '맏이' 곧 장자(長子)의 권한은 철저히 보장되었다. 장자는 집안의 어른으로서의 역할과 권한을 행사하였고, 그것은 넘볼 수 없는 절대적 권한이었다. 가권(家權)의 승계는 물론 왕권의 승계에 있어서도 장자 우선의 법칙은 동양이건 서양이건 다 똑같았다. 오늘날 영국 왕실이나 일본 왕실도 그 원칙을 지키고 있다. 우리나라에서는 조선조 중엽부터 더욱 이러한 풍조가 강해졌다. 유교적 가치관이 만연되면서 그러한 현상이 강하게 자리 잡은 것으로 보고 있다.

장자가 우생학적으로 가계의 DNA를 확실히 보전한다고 보는지는 모르겠으나, 한 가지 분명한 것은 형제 중 가장 먼저 낳았으니 그 바람과 기대가 넘치고 가장 사랑도 많이 받은 것은 사실이다. 첫 아이를, 그것도 사내아이를 낳았을 때 우리나라나 서양이나 부모는 흥분하고 자랑스러워했다. 그래서 그들은 그 아이에게 끊임없이 왕도를 가르치며 지도자의 길을 승계시키려고 했다.

그러나 오늘날 소가족화·핵가족화 되고, 둘을 낳다가 점점 하나만 낳는 추세이고, 남녀평등을 넘어 여성 우월적 시대가 왔으니 장자는 설 땅을 잃었다. 법률적 상속에서 맏이가 우대받지도 못한다. 맏똥 덩이가 커보아야 아무 자랑이 아니다. 그야말로 똥 덩이에 불과하다.

*

　나는 이것을 우려한다. 한 가정의 이야기가 아니다. 가문의 붕괴 이야기가 아니다. 우리 사회가 '어른 없는 사회'가 되고 있음을 우려한다. 모두가 평등하다. 능력이 있는 자가 없는 자의 우위에 있고, 그것은 내일이면 또 바뀐다. 참으로 적자생존의 정글 법칙이 적용되고 있다. 인간 사회가 사자나 호랑이같이 강자 지배의 구조로 편성되고 있다. 당연하다고 말하는 사람이 많다. 그러나 나는 이것에 동의할 수가 없다. 평등의 법칙을 옹호하는 것이 휴머니티인 양 오식하고 있다. 힘과 능력에 따라 살아가게 마련이라고 말하는 사람들은 너무 당당해 보인다. 그러나 아랫사람이 어른을 존중하고, 어른은 자애롭게 감싸주며 사랑으로 살아가던 인간의 오랜 삶이 '능력껏 사는 거예요.' '사람은 다 평등하다고요.' 에 매몰되고 있으니 서글프다.
　나 역시 빚을 유산으로 받은 이 땅의 서글픈 상속자가 아닌가.

*

  누구나 청소년 시기가 되면 성(性)에 대하여 눈을 뜨게 된다. 인간이라면 다 그런 성장 경험을 하게 마련이다. 이성에 대한 호기심과 성적 충동은 남녀의 구분 없이 어느 나이쯤이면 찾아온다. 다만 그 표출 방법이나 성정이 남녀 간에 다소 차이가 있을 뿐이다. 남성이 다소 공격적이거나 외부 노출형인 데 비해 여성은 안으로 숨어드는 차이가 있을 뿐이다. 그런데 요즘은 이러한 영역에서도 남녀의 차이가 허물어지는 현상이 나타나고 있다. 좋게 볼 일이다.

  남성은 성기 자체가 외부로 돌출되어 있고, 또 그것이 성적 흥분에 도달하면 크고 굳어지는 외적 변화를 일으키게 되어 빨리 감지되는데, 여성은 그렇지 않다. 또 남성은 본인의 의지와 상관없이 잠을 자며 꿈속에서 사정을 하는 묘한 성행위가 있어 참 불가사의한 것이 인간의 성인가 싶다. 따라서 청소년기에는 이러한 성적 갈등이 매우 격렬하여 혼란스러워지는 것이다. 요즘은 체계적인 성교육을 받지만 옛날의 청소년들은 성에 무지하여 매우 고통스러웠다. 성적 정체성이 정립되지도 못하였다. 자신의 성적 충동이 마치 악마적이거나 부도덕한 더러운 것이거니 생각하고 그런 것에서 벗어나려고 발버둥을 치는 일도 많았다.

*

내가 아는 친구 하나는 청소년기에 이성에 대한 끌림이나 성적 충동으로 정신이 혼란스러워지고 공부가 안 될 때면 스스로에게 최면을 걸었다고 했다. 잡지나 영화 포스터 등에 실린 여배우의 섹시한 모습, 소설 속의 진한 대목 등으로 어떤 충동이 밀어닥치면 그것을 제어하기 위해 가장 추한 것을 떠올렸다고 한다. 그때 그가 늘 써 먹던 단골 메뉴가 '똥 싸는 미녀' 였다고 한다.

말인즉슨 천하제일의 미모이고 아무리 세계를 뇌쇄하는 육체파 배우라 할지라도 그 여자도 반드시 똥을 싼다는 사실만은 부정할 수가 없다. 그리고 그 똥 싸는 장면을 떠올리면 그야말로 아름답다는 환상이 깨어지고 추하기 그지없다는 것이다. 똥을 싼다고 변기에 쪼그리고 앉아 용을 쓰는 마릴린 먼로를 생각하면 그녀의 가슴이나 입술이나 졸리는 듯한 눈은 간곳없고 그저 추한 짐승, 하나의 고깃덩이 정도로 여겨지며 성적 흥분은 어느덧 사라져버린다고 했다.

"쪼그리고 앉아 똥 덩어리를 빼내려고 끙끙거리며 얼굴이 비틀어지는 리즈 테일러를 생각해 봐. 당장 그놈이 내려앉고 만다구."

그는 다소 의기양양한 어투로 나를 내려다보며 내뱉곤 했다. 그럴 때 나는 김승옥의 소설 「건(乾)」에 나오는 자기 물건을 자른 사내를 떠올리곤 했다. 성적 충동을 없애버리려고, 아예 싹을 잘라버리려고 자기 성기를 싹둑 가위로 자른 사내. 그 사내의 버썩 마른 왜소하고 무기력한 모습에서 '건'은 벌써 이미지화되고 있다.

그러나 내 친구는 소설 속의 그 사내와 매우 대조적인 모습을 보인다고 생각했다. 소설 속의 사내가 가볍다면 내 친구는 무거웠다. 소설 속의 사내가 불쌍하다면 내 친구는 처절하였다. 그 사내는 정욕의 끈을 잘라버리고 고사되고 있었지만, 나의 친구는 그 정욕이란 놈을 패대기치며 포효하고 있었다. 그가 그런 이야기를 내게 토로할 때면 나는 그의 얼굴에서 어떤 번득임 또는 적개심 같은 것을 감지할 수가 있었다. 그것은 상전의 상 위에 놓인 호사로운 음식을 패대기치는 상놈의 충혈된 눈이었다. 그리고 또 총에 맞은 사냥감을 주인보다 먼저 찾아 찢어 발리는 사냥개의 모습 같다고도 느꼈었다. 가끔은 '그까짓 신 포도를 누가 먹는담.' 하는 비아냥거림 같기도 했다.

"그냥 대충 참지 뭐." 하는 나의 이야기는 그의 강한 욕망을 제어하는 데는 이미 쓸모가 없는 말이었다.

자신의 욕망을 누르고 자신을 제어하기 위해 그는 극단적 처방을 쓰고 있었다. 상반된 관념을 한 자리에 앉혀놓고 하나로 하나를 제압해보려 하는 것 같았다. 그리고 그 방법은 시쳇말로 똥 칠갑을 시키는 것이다. 성적 충동을 일으키는 여성들의 낯짝과

몸뚱이에 똥칠갑을 함으로 벗어나보려는 몸부림에 지나지 않았다. 그러나 그것이 그렇게 호락호락하지 않음이 틀림없었다. 그 자식은 지난밤에 또 수음을 했을 것이다.

*

이이제이(以夷制夷)이라고 할까? 똥으로 더러운 욕망을 삭여보겠다니. 이것이야말로 밀란 쿤데라가 말하고자 하는 또 하나의 '존재의 가벼움'일 수밖에 없는 것이다. 그리고 그것은 여러 차례 언급한 것 같이 똥의 이중성에서 연유하는 것이다.

어렸을 때 선생님은 똥도 안 싸는 줄로 알았다. 특히 예쁜 여선생님은 화장실도 안 가는 줄 알았다. 선생님이 변기 위에 쪼그리고 앉아 똥 누는 모습이란 도대체 상상이 되지를 않았다. 아무리 절세가인, 영웅호걸이라도 똥은 싸야 한다. 똥을 싸안고 살 수는 없다. 누구나의 뱃속에 다 똥 덩이가 있고, 그것을 제때에 싸야 하는 것이다. 오바마인들, 배용준인들 똥을 배설하지 않고 차곡차곡 쌓는다면 삶을 영위할 수가 없는 것이다.

서울대 인류학과 전경수 교수는 『물걱정 똥타령』이란 책에서 인간과 환경의 문제를 제기하였다.

그의 '똥철학'은 밥과 똥을 별개의 개념으로 생각해서는 안 된다는 것이다. 똥과 밥은 불이(不二)이다. 그것을 구분해서는 인간의 삶을 제대로 파악할 수 없다고 했다. 처음에는 산해진미이던 것이 우리의 몸을 통과하면서 구린 냄새가 나는 똥으로 변신

했다. 그러니 곧 똥이 밥이고, 밥이 똥인 것이다.

그의 환경론적 입장에서의 똥에 대한 천착은 똥의 오행(五行)까지 언급하면서 똥과 물과 토양과 미생물의 순환 고리에까지 언급되고 있다.

밥과 똥 사이를 ‘이산가족’처럼 갈라놓은 우리의 의식구조와 수세식 변소의 ‘생태적 참극’에 이르러서는 다소 황당함도 있지만, 인간중심적 인식론과 생태적 순환이라는 자연의 질서를 대비한 점은 시사하는 바가 크다.

우리 인간은 똥에 대한 선입관이나 고정관념으로 인식의 오류를 범해왔다.

똥은 평등하다. 똥을 나의 깨끗함이나 정당함을 담보하기 위한 도구로 사용하는 것은 비겁하다. 누구나 똥 앞에서 폼을 잡을 필요는 없겠다.

‘나는 너처럼 더럽지 않아.’

똥은 말이 없다.

IV
매우 한국적인 똥

*

세석평전! 그리운 이름 중의 하나다. 몹시 혼란스러워질 때, 아니면 실로 멍청해질 때 불현듯 떠오르는 단어들. 어머니, 유년의 동무, 고향 마을, 봄, 종다리……. 이런 것들 사이에 끼어서 숨어 있다가 살며시 고개를 내미는 이름. 한 번 떠오르기만 하면 쓰나미보다 강렬한 힘으로 마구 몰아붙여 나를 달뜨게 만드는 그 이름들.

이럴 때면 금단현상을 보이는 중독자(나는 벌써 산의 중독자가 된 지 오래다)처럼 떨려온다. 배낭을 챙기고는 행운유수가 되어야 직성이 풀린다. 역마살이니 어쩌고 하는 것은 호강스런 말장난이다. 가슴 에이며, 또 설레며 가야 하는 곳. 사자평, 청량포, 정동진, 아! 용아장성. 하동포구, 사량도, 소매몰도, 나리분지…….

세석평전은 나를 설레게 한다. 봄이면 철쭉이 무더기로 피어 붉은 파도처럼 밀려오고, 또 여름이면 그 넓은 평원의 산꽃들이 융단처럼 곱게 깔려 모성적 포근함으로 나를 감싼다. 온갖 상념에 젖게 한다. 작은 산꽃이 '나 여기 있어요.' 하고 풀잎 사이로,

돌 틈으로 고개를 내민 모습은 앙증스럽기도 하려니와, 이 산속 그 어느 틈새에 살포시 내려앉은 존재의 오롯함을 흔들림 속에서 증언하고 있기에 가슴까지 아려온다.

밀양의 사자평전(獅子平田)에서, 가을바람 소슬히 부는 그 평원에서 흩날리는 억새꽃을 보았는가? 낙조를 배경하여 흩어지는, 산화하는 존재를 보았는가?

나는 그런 것들을 보지 않고는 구원받지 못할 것 같은 위기감과 절박감을 느낀다. 가을이면, 봄이면, 아니 여름 또 겨울.

아! 이때쯤이면 그곳에 그것들이 있는데. 생각이 여기에까지 미치면 나는 벌써 현기증을 느끼며 허둥대고, 중독된 약기운이 떨어지고 있음을 자인하고 만다.

'고단위(高段位)로 한 방만!'
마약 중독자들이 그러리라.
떠나자! 고래를 잡든 새우를 잡든. 일단 떠나고 보자.

*

지리산은 참 넉넉한 품을 가졌다. 어머니나 할머니와 같이 푸근하고 다사롭다. 3도 5군을 품은 그 품새가 듬직하고 자애롭다. 휴정을 비롯한 선사들이나 전문 산악인들이 우리나라 제일의 산으로 지리산을 꼽는 것은 그 산이 한국인들의 기질을 그대로 간직하기 때문이라고 한다. 야단스럽지 않고 듬직한 것이 그 덩치도 덩치려니와 웅장하면서도 섬세한 맛까지 지녀, 그 품속

에 깃들어 사는 생명들을 너무나 잘 보듬고 아우른다. 그래서 한
국인들은 지리산에 오르는 것을 좋아하고, 모두 한 번쯤 올라야
한다고 생각하는 것 같다.

　우리 민족의 성산이라면 아무래도 백두산을 들어야 할 것이
다. 그 높이나 장엄함이나 천지의 신비스러움이나 또 단군왕검
의 개국에 얽힌 이야기를 비롯한 민족사에서의 비중 등을 생각
하면 백두산은 겨레의 성산인 것이다. 그러나 지금은 분단 상태
라 가는 것이 쉽지가 않다. 게다가 중국이 반쯤 파먹고 김일성
일가들이 자신들의 우상화에 백두산을 동원하여 훼손도 많이 되
었다고 한다.
　중국과 수교 후 여행이 자유롭게 되면서 중국을 통하여 백두산
에 다녀온 사람들이 상당히 많다. 나도 더러 가볼 기회도 있었고,
같이 가자고 청하는 사람들도 있었지만 아직 가보지를 못했다.
처음부터 가려고 마음도 먹지 않았다. 큰돈이 드는 것도 아니고,
그렇게 많은 시간이 쓰이는 것도 아니지만 나는 선뜻 백두산 행
을 결정할 수가 없었다. 그 이유는 내 나름의 신념 때문이다.
　나는 백두산을 우리나라의 산, 우리의 산이라고 생각한다. 그
우리 산을 가는데 왜 남의 나라를 통해서 가야만 하는가? 나는
이 점을 도저히 받아들일 수가 없다. 우리 땅, 우리 산을 가는데
왜 중국을 거쳐 돌아서 가야 하는가? 나는 통일이 되든지 아니
면 북한이 백두산을 개방하여 관광이 가능할 때 우리 땅을 거쳐
그 민족의 성산에 안기어 보리라 나름대로 작심하고 있다.

지난번 금강산 관광도 배를 타고는 가지 않겠다, 우리 땅을 밟고 우리 금강산에 가겠다고 고집을 부렸더니 육로 관광이 실현되어 소원 성취를 했었다. 백두산 갈 날이 빨리 오길 간곡히 기다린다. 내가 노쇠하기 전에 건강이 허락될 때 나의 두 발로 그 산을 당당히 오르고 싶다.

그러나 지금 대한민국에서는 지리산이 우리의 고향처럼 우리 백성들을 보듬고 있다. 사실 지리산은 백두산이 지니지 못한 다른 아름다움을 간직하고 있기도 하다. 남도 특유의 푸근하고 유연하고 여유로움은 그대로 그곳에 깃든 피붙이들까지 순박하고 인정스럽게 만드나 보다.

구례와 하동 사람들의 정겨운 사투리, 남원 사람들의 해학과 예술혼, 함양 사람들은 또 얼마나 무던하며 선이 굵은가. 산청 사람들의 올곧은 심성과 칼칼함까지가 다 그 산의 형상이요, 숨결이요, 넋인 것이다.

*

나보다 지리산을 더 좋아하는 친구는 아예 짐을 쌌다. 직장을 훌훌 털고 하동 악양 골짜기로 부부가 들어가 버렸다. 나도 지리산 골짜기로 들어가고 싶은 마음이야 간절하지만 멀리 떨어져 있으면서 보고 싶을 때 후딱 달려가는 것도 멋있는 일이라 생각이 미쳐 이렇게 미적거리고 있다. 지리산은 모든 곳이 다 좋다.

천왕봉 정상에만도 십여 차례 올랐고, 그 자락 곳곳을 누비고 다녔다. 노고단, 불일폭포, 백무동, 칠선, 뱀사골, 정령치, 피아

골을 샅샅이 훑었고, 그 자락에 깃든 연곡사, 화엄사, 쌍계사, 천
은사, 실상사, 벽송사를 뻔질나게 드나들었다. 동서로, 남북으로
종·횡단을 몇 차례나 했다.

나보다 더한 사람도 있었다. 20년쯤 전에 법계사에서 정년퇴
임하신 노(老)교장을 만났는데 그때 그분의 연세가 70세가 넘으
셨다. 평소 지면이 있었고 그 어른이 산을 좋아하신다는 것도 알
고 있었지만, 나보다 서른 살 가량이나 많으신 연세에 혼자서 거
뜬히 산을 올라온 것이었다. 나는 하도 존경스럽고 또 놀라워서
이 큰 산을 이렇게 혼자 다니셔도 괜찮은지 은근히 걱정을 실어
물어보았다. 그러나 그 노교장 선생님께서는 태연자약하셨다.

"지리산이 좋아 지리산에 왔는데, 산속에서 죽으면 그 또한 좋
지. 바라는 바다."

그 맑고 고상하신 모습. 또 결연한 말씀. 그냥 신선 같이만 보
였다.

나는 그런 수준에는 못 미치지만 지리산이 좋다. 천왕일출에
서 노고단의 운해며 낙조까지가 다 좋다. 그런 나에게 너무나 꺼
림칙한, 말하기 부끄러운 지리산의 추억이 있다.

＊

1978년쯤인 것으로 기억하는데, 직장 동료 8명을 안내하여 지
리산 종주에 나섰을 때였다. 등산 초년병인 아가씨들과 50세가
넘은 팀원 8명을 데리고 법계사를 거쳐 세석에 이르렀을 때에는
모두 초죽음이 되어 있었다.

그날 우리는 세석평전에서 자도록 일정이 짜여 있었다. 야영을 하면서 산속의 밤 흥취를 맛보며 마침 보름 무렵이라 달빛까지 즐기려는 우리의 기대는 참 야속하게 무너지고 있었다. 그 실마리는 똥이었다.

설영을 하고 저녁을 지어 먹으니 누구에게나 찾아오는 배설의 욕구. 이것이 문제였다. 그때 세석 산장은 그 시대에 그럴 수밖에 없는, 좁고 전혀 편의시설이 되어 있지 않은 상태였다. 화장실은 산장에서 약 백 미터쯤 떨어져 있는 평원에 있었는데, 판자 몇 조각으로 둘레를 치고 슬레이트 두 장으로 지붕을 덮은 것이 고작이었다.

그런데 1970년대 말에 우리나라는 서서히 레저 문화가 시작되면서 등산 인구가 폭발적으로 늘어나고 있었다. 따라서 지리산과 세석을 찾는 인파가 북적대고 있었으니 그 초라한 화장실로는 도저히 수용되지 않았다. 궁여지책으로 거기에서 삼십 미터쯤 떨어진 곳에 간이 화장실 하나를 더 지었는데, 그 공법이 참 오묘했다. 구덩이를 파고 널빤지 두 장을 걸쳐놓은 것이 내부시설의 전부요, 외벽은 말뚝을 사람 목 정도 오도록 네댓 개 치고는 광목(廣木, 폭이 넓은 무명천)으로 둘러친 것이 고작이었다. 천장은 없고, 들어서면 목이 보이고, 앉으면 사람 모습만 안 보일 정도의 가림막을 친 것이 간이 화장실의 전부였다.

그래도 화장실은 가야 하니 어쩔 수 없이 사용해야만 했다. 남자들은 소변 정도는 적당한 풀숲을 찾으면 되지만 여성들에게는 참 곤욕스러운 일이었다. 그런데 이 정도는 참 행복한 고민이었다. 세석에 사람들이 연일 자꾸만 밀려드니 이 두 화장실로는 곧 한계 효용에 처하고 마는 것이다.

이때부터 '똥 엑소더스'가 시작된 것이다. 화장실이 꽉 찼으니 더 이상 배변이 불가능했다. 그런데 똥이라는 것이 그런 사정을 알지 못한다. 어떻게든 해결을 해야 하는데 묘수는 없으니, 저절로 화장실 전후좌우의 풀숲에서 해결할 수밖에 없었다. 옷에 쌀 수는 없으니 불가항력인 것이다. 마침 세석 평원의 풀들은 잘 자라서 사람이 납작하니 자세를 취하면 멀리서는 잘 보이지 않으니 훌륭한 은폐수단이 되는 셈이었다.

그러나 이 엽기적 배변 수단은 연쇄적인 문제를 일으키게 되었다. 화장실로부터 배변 구역이 점차 넓어지면서 그 서클은 확장되어 갔다. 다음 사람은 한 발 더 나가 누게 되고, 그 다음 사람은 또 한 발 더 나가 누게 되니 그 간이 화장실을 중심으로 똥 무더기의 반경이 점점 넓어지기 시작했다. 나중에는 반경 수십 미터가 똥밭이 된 것이다. 아! 참으로 견딜 수 없는 똥의 위대함이여!

냄새가 진동할뿐더러 더 참을 수 없는 것은 그 살인적 공습(?)이었다. 야영을 하니 밥을 지어 먹어야 했고, 그래서 밥상을 차리면, 아니 차리기 전부터 충분한 예감은 있었지만 그 가공할 파리 군단(?)의 습격 앞에는 천하장사도 어쩔 수가 없었다.

같이 간 사람의 표현을 빌리면 파리들이 헬리콥터만 하고 그것들이 기세 좋게 덤벼드니 식사 불능의 상태에 이른 것이다. 그러나 밥은 먹어야 산길을 갈 수 있지 않겠는가? 마침내 우리는 생존을 위해 비상한 시도를 하지 않을 수 없었다. 우리는 밥그릇과 국그릇, 반찬그릇 모두 각각 뚜껑을 덮고는 각자 돌아가며 재빨리 한 숟가락씩 푸고는 재빨리 뚜껑을 도로 닫는 수밖에 도리가 없었다. 나머지 사람들은 수건 같은 것을 흔들며 파리를 쫓고 순번대로 돌아가며 밥을 먹었다. 차라리 6·25 사변의 진짜 전쟁 공습 때는 공습경보가 울리거나 비행기 소리나 대포 소리가 나면 재빨리 숨었다가 소리가 멀어지면 다시 나와 밥을 먹었다지만, 그때 세석에서의 식사는 참 처절한(?) 생존투쟁이었다.

산과 들에서 야영을 하고 밥을 지어 먹는 그 느긋함과 즐거움. 산에서 야영을 할 때 제일 기대되는 것 중의 하나가 먹는 즐거움이라고 말하는 사람이 많다. 확실히 산에 가서 밥을 먹으면 더 맛있고 재미있다. 그런 재미는 고사하고, 이렇게 고생스럽게 밥을 먹다니 기가 찼다.

그 이후 나는 상당 기간 세석엘 가지 않았다. 세석의 철쭉이, 노란 으아리 꽃과 순박한 원추리 꽃이 그리워도 감히 엄두가 나질 않았다.

1980년대 중반부터 대대적 시설 보완 작업으로 지리산을 비롯한 국립공원들이 잘 관리되고 편의 시설이 그런대로 갖추어진 후에 나는 다시 세석엘 갔다. 그곳에 세석은 그대로 있었다.

인간은 자연의 천적이 아니다. 사랑하는 것만큼 보살펴야 다시 내게로 돌아오기 마련이다. 우리가 팽개치면 자연은 곧 바로 우리를 버린다. 인간들에게 세석이 경고한다.

"똥! 제대로 누란 말이다."

*

　돼지가 변기 아래에서 꿀꿀거리며 주둥이를 치켜드는 것을 무릅쓰고 그 위에서 배설하는 것은 그리 쉬운 일이 아니다. 정말 무섭고 또 시끄러워서 정신이 하나도 없다. 우리 집에는 그런 변소가 없었지만 옛날 시골에 가면 요상한 변소가 있어 나를 매우 곤혹스럽게 하였다. 어릴 때 어쩌다 시골 마을에 가게 되면 나는 아예 그런 변소를 사용하지 않고 들판이나 산 밑이나, 거름자리에 응가를 하였다.

　옛날 시골에는 집집마다 돼지를 키웠는데, 돼지우리를 만드는 방법이 참 묘한 곳이 있었다. 깊은 산골이나 제주도 같은 곳에서는 화장실과 돼지우리의 복합구조물을 볼 수 있었다. 주로 남부 지방의 양돈 풍습이라고 하는데, 돼지우리 위에 뒷간을 얹어 지어 사람이 똥을 싸면 바로 돼지우리로 떨어지게 되어 있고, 돼지는 그것을 재빨리 먹어 치우도록 한 것이다.

　돼지는 가정의 음식 찌꺼기나 농경의 부산물을 먹이로 주어 길렀다. 돈 들여 사료를 사는 일은 잘 없었다. 물론 그때는 사료라는 개념이 없었다. 주로 설거지한 후의 구정물에다 보리나 벼를 찧을 때의 부산물인 등겨를 섞어 먹였다. 호박이나 상한 감자나 고구마, 옥수수 등 닥치는 대로 주어도 잘 먹었다. 풀도 베어다 주고, 술지게미 같은 것도 주면 먹성 좋게 해치웠다.

막걸리를 걸러내고 남은 술지게미를 돼지에게 주면 남김없이 (돼지는 음식을 남기는 일이 없다) 먹어 치우고는 술이 취해서 눈이 벌겋게 되어 꽥꽥 소리를 질러대며 비틀대다가 잠드는 모습이 너무 우스웠다.

돼지가 워낙 먹어대니 돼지죽(돼지의 음식을 그렇게 말했다)을 마련하는 일도 쉽지가 않았다. 돼지를 잘 먹여야 살도 찌고, 또 교미도 붙여 새끼도 낳고, 불려 재산 증식도 할 수 있는 것이다. 또 집안의 잔치 때 잡아서 쓸 수도 있다. 해서 돼지 먹이는 일이 가정의 중요한 일거리가 되는 것이다.

그래서 효율적인 사료 제공과 사람이 싸는 인분 처리방법을 동시에 해결하기 위해 절묘한 화장실 겸용 돼지우리가 발명된 것이다. 우리 민족의 효율적 사고가 십분 발휘된 걸작(?)인 셈이다. 그러나 그 변소의 구조에 익숙하지 않은 외지인들이 그런 변소에서 용변을 시도했다가는 혼비백산하고 질겁할 수밖에 없는 것이다.

이러한 구조의 돼지우리에서 사람의 똥을 먹으며 자란 돼지가 이른바 '똥돼지'인 것이다. 똥돼지가 모두 맛있다고들 하는데, 나의 경우에 굳이 똥돼지와 다른 돼지를 비교하여 먹어보지 않아서 알 도리는 없다. 그러나 옛날 시골에서 키우던 돼지들은 거의 모두 조악한 사료를 먹인 토종 돼지들이어서 비계가 두껍지 않고 살이 연한 것만은 사실이다. 인분을 먹여 키워 맛이 있다고 단정하기는 어려울 것 같다.

그런데 요즘의 돼지는 가정에서 한두 마리 키우는 일이 거의 없으니 똥돼지란 존재할 수가 없고, 또 설령 있다고 해도 똥을 주지도 않고 먹지도 않는다고 한다. 위생적으로도 그렇다. 돼지를 잘 길러 빨리 성장시키고 살 찌워야 하는데, 사람의 똥 따위를 먹여 병원균이나 기생충에 감염이라도 되면 키우는 자가 손해만 입게 되니 누가 굳이 똥을 먹이려 하겠는가? 또 어쩌다 사람 똥을 돼지에게 주어도 요즘 돼지는 먹지 않는다. 냄새가 구리니 굳이 그것까지 먹어야 하나 하는 모양이다.

*

이런 경우는 개도 마찬가지다. 소위 '똥개'가 사라진 것이다. 우리는 종자가 분명하지 않거나 족보가 없거나 말을 듣지 않는 무식한 개를 걸핏하면 '똥개'라고 매도한다. 그러나 정작 '똥개'는 똥을 먹는 개다. 그런데 요즘의 개는 절대로 똥을 먹지 않는다. 아무리 배가 고파도 안 먹는다. 그 이유가 무엇인지 단언할 수는 없으나, 좌우간 요즘 개는 사람 똥을 안 먹는다. 똥을 먹던 토종의 똥개가 멸종한 것인가? 개들끼리 결의를 한 것인가? 요즘 개들 참 희한해. 왜 똥을 안 먹지.

우리가 어릴 때만 해도 개들은 사람 똥을 잘도 먹었다. 서로 먹으려고 으르렁거리고 싸웠다. 어린아이가 마루나 방바닥에 똥을 싸면 어머니들은 곧바로 "워리, 워리!" 하고 고함을 지른다. 그러면 멀리서라도 부리나케 달려와 똥을 깨끗이 핥아 먹는다. 기저귀도 사용하지 않고 개에게 좋은 간식(?)까지 주니 참으로 일석이조가 아닐 수 없다. 심지어 어떤 사람들은 아이의 항문까지 핥게 하고 뒤처리는 걸레로 간단히 마감하는 묘기까지 부렸다. 개들은 길거리에서도 사람의 똥을 보면 바로 먹어 치웠다.

본래 우리나라 사람들은 개에게 아침만 주었다. 하루 한 끼만 주고 밥을 주지 않으니 나머지는 스스로 해결해야 했다. 그러니 개는 곳곳에 주둥이를 들이대고 먹이 찾기에 여념이 없거나 엎드려 자는 수밖에 도리가 없었다. 그런데 요즘 개팔자 상팔자가 되어 똥은 거들떠보지도 않고 주인인 인간의 상전 노릇까지 하려고 한다.

똥돼지든 똥개든 우리나라 사람들과 참 친숙하게 지내왔던 동물들이 진화를 하는 것인지, 그동안의 압제에 항거라도 하는 것인지 이제는 똥과 거리를 두고 있다. 재래종들이 거의 다 멸종하고 서양 사람들 냄새에 익숙해진 종자들만 죄다 들어앉아버리지는 않았을까? 어쨌든 똥돼지와 똥개는 이야기 속에나 남게 되었다. 그런데 그것이 문명이란 이름으로 도태되는 또 다른 우리의 문명이라고 생각하니 무언가 아쉽고 허전하기만 하다.

똥! 우리에게 너무나 친숙한 이름이며, 우리의 삶 곳곳에 더불어 있었던 살붙이가 아니던가.

Episode 3

해인사의 해우소(解憂所)

*

내가 어릴 때는 어른들이나 아이들이나 할 것 없이 모여 앉아 이야기 나누는 것을 좋아했다. 당시에는 별 오락거리가 없었다. 텔레비전은커녕 영화도 활동사진이라고 불리며 일 년에 한 차례도 보기 어렵던 시절이고, 책도 많지 않았고, 해서 자연적으로 모두 둘러앉아 이야기를 나누는 것이 여가 선용이나 오락으로 고작이었다.

나의 선친께서도 무척 이야기를 좋아하셨다. 주로 듣는 쪽이었다. 자신은 입담이 없어서 이야기를 하지는 못하시면서 듣기는 어떻게 좋아하셨는지 매일 밤 이야기꾼을 불러들였다. 우리 집에 단골로 불려오는 이야기꾼은 앞집의 이상이었다.(일제의 잔재가 남아서 그때까지도 우리나라 사람들은 성 뒤에 일본식 '–상'이라는 접미사를 붙여 성인들을 지칭했다. 김상(김씨), 박상(박씨), 정상(정씨)이라고 어른들을 호칭했었다. 또 나의 부모님께서는 일본에서 사시다가 광복 직후 제 일착으로 귀국하셨는데, 일상용어에 일본말이 가끔 섞여 있을 때가 있었다.)

이상은 일자무식꾼인데도 신통하게 이야기를 잘했다. 그때 나
의 식견으로는 세상에서 이야기를 가장 많이 알고 있는 사람이
었고, 그는 너무나 재미있고 구수하게 이야기를 엮어나갔다. 이
상은 이야기를 재미있게 하다가 아주 중요한 대목이나 새로운
이야기를 시작할 때면 으레 목이 마르다거나, 담배를 한 대 먹어
야겠다거나 하는 잔꾀를 부리곤 하였다. 그럴 때면 어머니께서
는 막걸리나 고구마 삶은 것 등을 내놓았다. 무엇이 마땅찮을 때
는 하다못해 무라도 깎아주시곤 했다. 담배도 들어내어 놓아 담
뱃대에 쟁이도록 하였다.

이상은 거의 매일 출근하다시피 하는데, 조금이라도 늦거나
올 기미가 안 보이면 아버지는 영락없이 나를 불러 "균아! 이상
데려 오너라." 하고 재촉하셨다. 그러고는 매일 이야기를 즐기
시는데, 천하의 이야기꾼 이상일지라도 그 레퍼토리가 항상 달
라질 수가 없기에 했던 이야기를 며칠 만에 다시 리바이벌하는
경우도 많았다. 그래도 아버지와 우리 식구들은 아랑곳하지 않
고 이야기 듣기에 열중하였고, 어떤 이야기는 우리 스스로 다시
들려주기를 요청하기도 했다. 수십 번도 더 들은 이야기가 있을
정도였다.

"아저씨, 왜 그거 그러니까 호랑이가 처녀 잡으러 왔던 이야
기, 그거 또 해보이소."

우리는 아예 제목을 정해주며 이야기를 재촉하기도 했다.

이렇다 보니까 늦은 밤 시간에 주가에 술을 사러 가야 할 일도
많이 있었고, 그 심부름은 나와 내 둘째누나가 응당 가는 것으로

되어 있었다. 겨울밤에 제법 먼 길을 가서 술을 받고, 두부 집으로 가서 두부까지 사와야 하는 날이면 우리는 정말 싫었다. 무섭고 추워 가기가 싫었다. 호순이네 변소 모롱이를 돌 때가 제일 무서웠다. 호순이가 그 변소에서 목매달아 죽었기 때문이다. 그곳을 지날 때 누나와 나는 손을 꼭 쥐고 숨도 제대로 들이키지 않고 살금살금 걸었다. 지나고 나면 이마에 진땀이 나 있을 정도였다.

그렇게 무서웠지만 심부름 끝에는 잔돈 남는 걸로 콩사탕이나 손가락 과자를 사먹는 재미가 있어 나서곤 했었다.

그 이상에게서 들은 이야기를 나도 내 자식들이 어렸을 때 들려주곤 했는데, 우리 아이들도 무척 재미있어 해서 재미난 이야기는 시공을 초월하는구나 하는 생각을 하곤 했다.

그런데 그 이상은 너무나 가난했다. 장성한 아들이 다섯이나 되고, 머리를 길게 땋은 딸도 둘이나 있었지만, 농토도 없고 직장도 없어 막일이나 나무를 해서 파는 수입으로 살자니 늘 가난했다. 그 집 막내아들 봉갑이 형은 나를 많이 도와주었다. 자주 가방을 학교까지 들어주기도 하고 겨울에는 교실의 난로를 피울 때 사용할 땔나무를 지어다가 주기도 했으며, 팽이며 연을 만들어주기도 했다.

그리고 큰딸 정선이 누나는 내 막내 동생을 매일 업어주었고, 빨래나 부엌일도 거들었다. 정선이 누나는 늙은 신랑에게 시집가서 이웃에 살았는데, 예쁜 누나가 가난해서 늙은 신랑에게 시집가게 되었다고 어머니가 안타까워하셨다. 나는 그 누나가 결혼해서도 힘든 일을 하는 것이나 늙은 신랑에게 구박을 당하는 것을 보고 불쌍해서 몰래 눈물을 흘린 때도 있었다.

그 이상이 했던 이야기 중에서 해인사 중들의 도술 이야기가 있었는데 잘은 기억이 나지 않고, 다만 해인사라는 절이 어마어마하게 커서 보통 사람으로서는 상상이 안 가는 몇 가지가 있다고 해서 참말일까 하고 어린 시절 궁금하기도 했었다.

해인사에는 중들이 너무 많아서 동짓날에 팥죽을 끓이려면 어마어마하게 큰 가마솥에다가 끓이는데 보트를 타고 다니며 젓는다는 둥, 해인사에는 엄청 큰 변소가 있어서 똥을 누면 하루가 지나서야 떨어지는 소리가 들리고, 그 변소에서 달걀을 떨어뜨리면 바닥에 떨어지기 전에 어미닭이 되어 날아가 버린다는 둥, 해인사에는 너무나 큰 북이 있어서 세게 치면 옆의 아이가 날아가니 가까이 가서는 안 된다는 둥, 아주 큰 방이 있어서 그 방의 부엌의 아궁이가 얼마나 큰지 나무꾼이 나뭇짐을 지고 들어가 쌓아서 불을 지핀다는 둥, 한 번 불을 지피면 석 달 열흘 동안 방이 따뜻하다는 둥, 이런 이야기들을 듣고 어린 소견에도 참 황당한 거짓말이로구나 하고 생각했다.

*

중학생이 되어서 해인사에 간 적이 있었다. 우리 학교에서 단체로 간 것이다. 내 고향에서 해인사는 그렇게 멀지 않다. 초등학교 시절에도 가 보았지만 어른 손에 끌려 다녔고, 중학생이 되어서 갔을 때는 이곳저곳 혼자서 살펴볼 수도 있어서 내 나름대로 절 구경을 하면서 예의 그 거대한 변소며, 가마솥이며, 북을 찾아보자는 호기심이 발동하였다. '뭐 비슷한 것이라도 있겠지.' 하는 심사였다.

북이 제일 찾기 쉬웠는데 참으로 크기는 하지만 아이가 날아갈 정도는 아니었고, 가마솥은 정주간엘 들어가야 할 텐데 용이치 않았고, 절 한쪽 구석에 큰 구유가 있어 밥을 퍼 담는 데 썼다고 하는데 정말 커서 많은 사람이 먹겠다 싶었다. 다음은 변소를 찾아보았다. 이곳저곳에 변소야 있었지만 정말 전설적 변소는 어디에, 어떤 모습으로 존재할까 궁금했었다. 그렇게 크지는 않더라도 시늉이라도 낸 놈이 있지 않겠는가 하는 마음에서였다.

이곳저곳을 돌고 돌아 해인사 최대의 변소를 마침내 찾았다. 그러나 그 변소는 나의 기대에 너무나 못 미쳤다. 해인사 사세가 옛날만 못하여 그 컸던 변소가 없어졌는지는 모르겠으나, 그렇게 큰 것 같지는 않았다. 그러나 크기는 확실히 컸다.

변소에 들어가 대변을 일부러 보았다. 떨어지는 소리를 들어보고 얼마나 깊은지 가늠해보려고 별로 나오려고 하지 않는 변을 억지로 보았다. 겨우 한 덩이를 떨어뜨렸는데 떨어진 후 소리가 들리지 않았다. '이거 소문대로 엄청 깊은가 보네.' 나는 다소 놀란 마음에 그 깊이가 얼마나 깊은지를 확인할 방법을 궁리하다가 이윽고 변소 뒤쪽으로 가서 한 번 살펴보아야겠다는 꾀를 내고는 변소 뒤로 돌아갔다.

그런데 변소 뒤쪽으로 간 나는 절 변소의 특이한 구조에 놀랐다. 똥을 누고 나면 아래로 떨어져 담기는 똥통이 있어야 할 곳이 텅 비어 있고, 똥이 떨어지는 곳에는 새로 벤 풀이 깔려 있었다. 그 떨어지는 높이도 상당히 높아 사람 키 두어 길이가 넘어 사람이 지게를 지고 드나들어도 될 공간이었고, 그 바닥에 풀이 깔려 있었다. 일반 가정집의 변소는 변소가 참 지저분하고 똥이 가득 찬 똥통이 그 아래에 있어 똥을 눌 때마다 항상 고통스러웠는데, 해인사의 변소는 똥통이 없고 그 아래 풀을 깔아두고는 불목하니들이 하루나 이틀 만에 풀을 끌어내어 먼 거름무더기로 옮기고 또 새 풀을 깔아두고 하니, 참으로 위생적이고 깨끗한 것이 신기하기만 했다.

해인사 해우소에 대한 나의 호기심은 그 규모가 아닌 구조에서의 특이성을 발견한 것으로 해우(解憂)되었다.

해인사에 다녀온 얼마 후, 국사 시간에 내가 매우 좋아하던 박 선생님께서 해인사의 인상 깊었던 것에 대한 질문을 하셨다. 몇몇 아이들이 대장경이니 장경각이니 국보급의 무슨 문화재 등을 거론하였는데, 선생님께서는 나를 지명하시고는 "너는 어땠어?" 하고 물으셨다.

나는 사실 해인사의 문화재란 다 알고 있는 것들이어서 별로 말하고 싶지 않았는데, 지명을 하시어 물으시니 대답을 해야 했기에, 최치원 선생님이 짚고 가다가 꽂아놓은 학사대의 전나무가 아직도 무성한 것이 신기하고, 해인사의 똥통 없는 변소가 신기하다고 하였다. 아이들이 모두 웃어대고, 선생님께서도 "해인사에 가서 겨우 변소를 보고 왔단 말이지?" 하고 가소롭다는 듯이 말씀하셔서 너무나 머쓱했었다.

1980년대 초에 그 유명한 프랑스의 세계적 석학 클로드 레비 스트로스(Claude Levi Strauss, 1908-2009)가 한국을 방문한 적이 있었다. 그는 인류학자답게 한국적인 특색이 잘 드러나는 여러 곳을 방문하였다. 서원(書院), 안동의 고가, 경주의 여러 문화유산, 무당들의 굿판 등을 두루 견문하였다. 해인사에도 들렀다. 대장경을 비롯한 전통 한국 사찰을 견학하고 템플 스테이도 하였다. 그가 해인사의 그 변소에도 들렀다는 기록은 없지만 그랬을 수도 있을 것이다.

그런데 레비 스토로스의 한국의 변소에 대한 탐색은 정작 엉뚱한 곳에서 전개되었다. 그는 서울의 달동네에도 들러서 도회의 빈민들이 사는 모습을 보았다. 그때 신문인가 잡지인가에 실린 그의 탐방 모습을 소개한 기사 중 한 장면이 기억난다. 레비 스트로스가 달동네의 어느 골목에서 낡은 함석으로 된 문 앞에서 고개를 갸웃거리는 장면이었다. 그는 다 찌그러진 작고 초라하고 요상한 건물의 문인 듯한 양철 판에 영문자로 ‘W·C’라고 쓰인 것을 보았다. W·C란 무슨 말인지, 도대체 이곳은 무엇을 하는 곳인지 하는 호기심 어린 시선을 보냈다. 옆의 안내자들이 그것이 변소임을 말해주었다. 그는 미국에서도 오래 살았지만 변소에 W·C라고 쓴 것은 잘 보지 못했던 것 같다.

사실 변소를 그렇게 지칭하는 나라는 없다. 그리고 그 변소는 결코 ‘water clear’도 ‘water closet’도 아니었다. 미국적 별칭이었던 W·C가 미군들과 함께 이 땅에 상륙하여 한국인들이 변소는 모두 그렇게 일컬어도 되는 줄 알고 변소 안내 표시나 문에 W·C라고 버젓이 쓴 때가 있었다. 한국 도회지 판자촌의 악취 나는 초라한 푸세식 변소의 양철 문에 낙서된 W·C는 그에게 충분한 관심거리였을 것이다. 인류학, 문명학을 연구하는 학자로서 관심을 갖기에 충분했을 것이다.

똥 누는 방법이나 그 처리 시설에도 민족마다의 문화가 배어 있을 것이다. 그리고 문화란 움직이는 것이며, 동시에 부딪치는 것이다. 또 문화적 충격이니 문화적 충돌이니 하는 것이 대단한 사안들 앞에서만 적용되는 것은 아니다. 똥에도 그것들은 상존하는 것이다.

인도의 농촌이나 중소 도회지의 아침 들판은 똥 누는 사람들로 하얗게 깔려 있다. 화장실이 절대적으로 부족하기 때문에 도회지로 몰려든 빈민들은 아침이면 들판에서 그렇게 해결할 수밖에 없다.

북경 올림픽이 열리기 전, 중국 대부분의 도시 화장실은 우리를 경악하게 하고도 남았다. 수세식이 아님은 물론, 배변 구멍이 기다랗게 이어져 여러 사람이 동시에 한 자리에 쪼그리고 앉아 배변해야 하는 일이 허다했다. 관광 간 외국 여자들이 질겁할 지경이었다. 대소변을 해결하기 위해 할 수 없이 거기에 쪼그리고 앉아 있을 때 누군가가 들어와 앞이든 뒤에서 또 일을 벌이도록 구조된 화장실이었던 것이다.

일본인들이 재일교포들의 인권을 제대로 보장하지 않아 우리 국민의 심사를 흔들어놓는 일이 자주 발생한다. 매우 불쾌한 일이다. 세계에 스스로 문화 민족이라고 자랑하며 탈아시아의 수준을 넘은 세계 제일의 문명국이라고 자부하는 일본의 숨은 흠결을 보면 그들의 이중성이 잘 나타난다. 일본에는 아직도 천민 계급이 존재한다. 일본의 부락민들은 인도의 하층계급인 수드라-하리잔-달리트들과 비슷하다. 소위 말해 불가촉천민(不可觸賤民)들이다. 제도적으로 해결하였다고 선언하고 있지만 아직도 300만 명에 이르는 부락민들이 있다. 학교 선택, 직업, 거주, 혼인 등에서 확실한 차별을 속에서 냉대 받으며 살고 있다. 이들의 직업 중 가장 흔한 것이 똥 푸는 일과 도살 등 기피 직종이다.

똥은 어느 나라에서나 골치 아픈 일임에 틀림없나 보다.

호박 구덩이

*

내가 어렸을 적에 우리 집에서도 농사를 조금 지었다. 농사는 우리 집의 주업이 아니었기에 밭에 채소나 얼마간 가꾸는 등 그저 시늉만 내는 셈이었다. 감자나 고구마, 고추를 비롯해 이런저런 야채를 시골에서는 자급자족하는 것이 일반적이었다. 우리 집도 작은 밭에서 자질구레한 작물들을 가꾸었다.

옛날 시골에서는 집집마다 개, 돼지, 닭, 토끼들을 기본적으로 기른다. 농업 부산물이나 음식 찌꺼기, 사람의 똥 따위를 이용하여 길러두면 요긴하게 쓸 수가 있다. 농사가 많고 일손이 있는 집에서는 소도 기르고, 염소 따위를 기르기도 하였다.

또 집집마다 작은 텃밭이 있어서 상추, 파, 부추, 가지, 고추 등 밭에까지 가지 않아도 바로 조리에 쓸 수 있는 작물을 조금씩 가꾸었다. 그리고 담 밑에는 호박이나 박을 심는데, 나중에 많이 자라면 담 위나 헛간 지붕 위까지 덩굴이 뻗치어 시골 정취를 더 하곤 하였다.

몇 년 전 스위스의 융프라우에 갔을 때 그곳 주민들의 집을 둘러보았는데, 그 사람들도 집의 담 안팎으로 손바닥만한 텃밭을 가꾸고 있었다. 심은 작물도 우리와 거의 흡사하였다. 사람 사는 세상은 여기나 거기나 별반 큰 차이가 없구나 하고 느꼈다.

우리 집에서도 해마다 담 안쪽에 호박을 몇 구덩이 심었다. 봄이 되면 어머니는 제법 큼직하게 구덩이를 파고는 구덩이 속에 거름을 가득 채웠다. 호박 구덩이의 거름은 주로 사람의 똥, 곧 인분이었다. 변소의 똥을 똥바가지로 퍼다가 구덩이마다 채우고 그 위에 흙을 덮고 호박 씨앗을 파종한다. 내 어머니께서는 호박 구덩이 파종을 위한 모든 준비를 다 마치고 나서 마지막 작업으로 씨를 흙에 꽂아 넣을 때면, 꼭 나를 불러 씨를 넣으라고 하셨다.

"너는 복이 많아서 니가 씨를 넣으면 호박이 가지마다 조랑조랑 열린단 말이야."

어머니께서는 내가 복을 타고나서 무엇이든 손을 대면 그 수확이 많다고 나더러 그런 일을 시키셨다. 정말 내가 복을 타고났는지, 내가 씨를 넣은 작물이 다른 집의 그것보다 꼭 수확이 많았는지는 확실하지는 않지만 어머니께서는 늘 그렇게 말씀하시었다. 어쨌든 내가 씨를 넣은 호박은 정말 수확이 많았던 것은 사실이었다.

*

그런데 나이가 들어 가만히 생각하니 그것이 우리 어머니의 기막힌 자녀교육 방법이 아니었는가 싶다.

'너는 복 많은 아이야. 너는 무엇이든지 하면 다 된다니까.'

어머니는 나에게 이것을 심어주시려고 늘 그렇게 하신 것 같다. 기회만 있으면 나에게 자신감을 주고 도전하려는 마음을 갖게 해주려고 나를 일깨운 것 같다. 옛날 표현으로 '복이 많다.' 라는 말은 '하늘의 가호가 있다.' '모두 너를 돕고 있다.' '너는 된다.' 등의 믿음을 갖게 하는 말이다.

어쨌든 우리 집의 호박은 유별나게 수확이 많았다. 여름이 들고부터는 마디마디 애둥이 호박이 열려 반찬거리는 물론 호박전(특히 동그랗게 구운 달전)은 훌륭한 간식거리였다. 우리 식구들로서는 다 소비할 수 없을 정도로 많이 달려 이웃에 나누어주거나, 누런 호박이 되도록 내버려두기도 하였다. 그러면서 나는 내가 씨를 넣은 호박이 저렇게 열리는 것을 보고 마치 나의 손이 마이더스의 황금 손이나 되는 듯한 느낌을 받기도 했다. 그것은 어린 나에게 상당한 힘이었다. '나는 된다.' '나는 이룰 수 있다.' 라는 강한 자기 암시가 나의 마음에 늘 자리 잡았다. 또 그것은 나를 천박하지 않게 일깨우는 기제가 되기도 하였다.

그런데 나는 나이가 들어서야 알게 되었다. 내가 씨를 넣은 호박이 결코 내 손의 힘이 아님을. 내가 타고난 복하고는 아무 상관도 없음을. 그것은 어머니가 씨를 넣기 전에 남들보다 더 깊고 넓게 구덩이를 파고, 그 속에 똥을 가득 채운 덕분임을 안 것은 나이가 한참 들어서였다. 나는 내 복인 줄 알았다. 내가 잘난 줄 알았다. 어머니가 가득 채운 똥들의 힘임을 모르고, 나의 손끝에서 무엇인가가 막 나오는 줄로 알았다. 이런 우매한 것을 깨우친

166

다고 어머니는 수십 년을 기다리셨다. 그 의미를 한 마디도 말씀하지 않고, 내가 알기까지 수십 년을 그냥 보시기만 한 것이다.

똥거름이 바탕이 되지 않은 재주나 자기 믿음은 허황된 것이다. 똥이 받쳐주어야 소출이 나온다. 똥은 가장 더러운 것이며, 버리는 것이며, 천한 것이다. 그러나 그것들이 가득 모여 큰 저력이 된다. 세상만사가 다 그렇다. 쓸데없는 것이라고 버리는 것, 무시하는 것, 그것들이 모이면 큰 힘이 된다. 민초의 힘 역시 그렇다.

『장자(長子)』에는 '필요 없는 것의 필요'에 대한 가르침이 있다. 우리는 자주 필요 없는 것들을 무시하는 경우가 있다. 아무 짝에도 쓸모없는 것들이라고 매도하기가 일쑤다. 선생님들도 곧잘 '너희는 사회의 필요한 인재'가 되라고 훈계하거나, 잘못을 저지른 학생들에게 '쓰잘 데 없는 인간'이라고 매도하고 꾸짖는다.

그러나 정작 따지고 보면 필요 없는 것들이 있음으로 해서 필요한 것들이 더욱 필요한 것이 된다는 것이다. 좀 황당한 궤변 같지만 일리가 있는 말이다. 그 예로 우리가 길을 걸을 때 우리에게 필요한 공간은 신발 하나가 차지하는 면적이면 충분하다. 신발 하나가 놓일 면적 외에는 쓰지 않고 길을 간다. 나머지는 필요 없는 땅이다. 그래서 신발 하나의 면적만 필요하니까 다른 땅들을 다 깎아내면, 그때 보행이 가능할 것인가? 신발 하나씩의 땅만 남기고 다른 땅을 파내어버리고 걸어가라고 하면 우리는 도저히 보행할 수가 없을 것이다. 직접 보행에 필요하지 않은 땅이 있기에 필요한 땅의 효능이 제대로 나타나는 것이다.

세상에 아무짝에도 필요 없는 인간들이라고 해서 그들을(나까지 포함되겠지만) 싹쓸이해버리고 살면 세상이 아름답고 행복해질까?

그래서 세상에는 똥이 있는 것이다.

Episode 5

똥술

*

내가 어릴 때 우리 뒷집에 살던 길호 아버지가 뒷산에 가서 나무를 하다가 굴러 떨어져 크게 허리를 다친 일이 있었다. 일어서지를 못해 사람들이 업고 와서 뉘어 놓았다. 허리를 너무 심하게 다쳐 운신을 못하고 그야말로 죽을 판이었다. 모두 걱정을 하고 있었지만 의료 시설도 부족하고 돈도 없으니 병원에 가는 것은 엄두도 못 내고 있었다.

"침이라도 맞아야 할 텐데."

"치자 찜질은 해봤어?"

"부황을 떠야 하지 않을까?"

"허리 아픈 데는 수황이 제일이여."

"그러게 말이야. 똥만한 것이 있을라구."

아낙들이나 어른들이 걱정을 하며 이 말 저 말 하지만 치료 방법이 마땅치 않았다. 그 처방 중에는 똥도 들어 있었는데, 우리 시골에서는 똥물을 유식하게 '수황'이라고도 했다.

그런데 얼마 지나지 않아 길호 아버지의 허리가 거뜬히 나았다. 동네 고샅을 지팡이에 의지해 걷고 있는 것을 보고 모두 놀라서 떠들었다. 모두 의아해했는데, 알고 본즉 똥의 힘이었다. 아파 누운 후 이틀째인가, 처남 되는 사람이 건너 마을에서 와서는 당장 똥처방을 썼더니 다음날 아침이 되니 용을 쓰며 일어나 앉더란 것이었다.

예부터 민간에서는 허리 아픈 데는 똥을 약으로 썼다. 지독하게 얻어맞아 생긴 장독(杖毒)을 푸는 데도 똥을 약으로 썼다. 똥을 약으로 쓴다는 말은 들었지만 정작 약으로 쓸 때 어떻게 쓰는지 모두 잘 알지 못했다. 약이 되는 식물이나 광물, 동물이 많지만 그것을 정작 약으로 사용하려면 채취는 언제하며 어느 부분을 쓰는지 등을 사람들은 잘 모른다. 또 그것을 생으로 먹는지, 삶아 먹는지, 구워 먹는지도 잘 모르고, 양은 얼마나 먹는지도 모르기 때문에 민간약이나 조약은 사실 함부로 쓰기엔 위험하다. 이런 것들을 한방에서는 수치(修治)라고 한다. 오랜 경험과 임상에 의한 수치에 따라 약제화(藥劑化)된 것을 사용해야 하는 것이다. 아무리 무엇이 좋다한들 그것을 어떻게 다루어 먹느냐가 쉽지가 않은 것이다.

그런데 그 처남이란 사람이 똥을 기막히게 수치하여 약으로 사용하였더니 참으로 신통하게 나았다는 것이다. 그 사람은 민간에 전해 오는 똥처방을 알고 있었고, 그것을 준비해둔 사람이었다.

똥을 약으로 쓰려면 그냥 똥을 갖다가 쓰는 것이 아니다. 오랜 공력을 들여야 한다. 나도 그때 길호 아버지 일로 해서 알았다.

옛날 시골 변소는 똥을 누는 곳이 있고, 그 아래에 큰 똥통이 있고, 뒤쪽으로는 퍼내기 위한 구멍이 나 있다. 똥을 약으로 쓰려면 좀 굵은 대나무를 잘라다가 똥통 속에 넣어두어야 하는데, 대개 그 뒤쪽 구멍에서 질러둔다. 똥통에 질러둔 대나무에 똥물이 천천히 조금씩 스며들어가 마디마다 고이는데, 이것이 진짜 똥의 엑기스다. 제법 몇 달 걸려야 약간의 똥물을 얻을 수 있다. 약으로 쓸 때는 이것을 건져다가 겉을 깨끗이 씻은 다음 쪼개면 노란 맑은 물이 나온다. 양은 얼마 되지 않는다. 이것을 술잔에 담아다가 환자가 냄새를 맡지 않고 훌쩍 들이키고 바로 막걸리 한 잔을 마시면 시간이 얼마 지나지 아니하여 약효가 있다는 것이다. 이때 지네 말린 것을 볶은 후 갈아서 똥물이나 막걸리에 타서 같이 마시면 효험이 더욱 좋다고 한다. 또 자신의 똥을 볶아서 술에 타 먹기도 한다는데, 앞의 방법에 비해 효과가 적다고 한다. 그리고 아무리 약이라고 해도 좀 머시기한 거 같아 꺼림칙하다.

무슨 약리 작용이 있는지 알 수는 없지만, 길호 아버지가 똥물 마시고 나은 것은 틀림없다. 그 집의 형편을 내가 빠히 아는데 똥물 외에는 다른 약이나 치료 방법을 쓸 땡전 한 푼이 없는 사람들이다. 똥물. 그것이 유일의 치료였다. 나는 그때 똥이 약이 된다니 참 신통하다고 여겼다. 그리고 대나무 막대기를 변소간에 꽂아두고 똥물을 채취하는 지혜도 참 신통하다고 생각했다. 그리고 언젠가는 쓰이게 되려니 하고 미리 그렇게 대나무를 박아 두고 있는 그 소박한 사람들이 참 미더웠다.

비록 똥을 약으로 쓰려고 해도 공력과 시간을 들여야만 하는 것이다. 이 세상에 그냥 공짜로 얻어지는 것은 없다. 비록 똥일지라도.

Episode 6

똥을 싸고 똥을 먹고

인간이 창조한 최고의 게임

'세상에 고스톱만치 재미있는 게임이 있을까?'

1970년도 초반부터 일기 시작한 고스톱 열풍은 1980년대와 1990년대 한국 사회를 강타했다. 이 시기에 한국인은 거의 고스톱에 미쳐 있었다. 언제 어디서나 고스톱을 즐기는 광경을 목격할 수 있었다. 남녀노소를 가리지 않고 장소·시간·판돈 불문으로 온 나라가 폭삭 빠져 있었다. 모든 식당에서 게임이 가능했고, 다방이나 기원은 물론 사무실 빈자리, 구멍가게 평상, 관공서의 숙직실, 가정집은 물론, 경로당, 산과 들판의 유흥지, 캠퍼스, 관광버스 안, 기차나 버스, 배의 대합실 등 가능한 모든 공간에서 게임을 즐겼다. 심지어 LA공항 대합실에서 즐기다가 공항 관계자들의 제지를 받았다는 토픽이 보도될 정도였으니, 그 기호의 정도는 가히 살인적이었다.

고스톱 열풍은 부모와 자녀, 시아버지와 며느리, 장모와 사위, 시아주버니와 제수 등의 가족 관계의 벽을 허물며 온 나라를 뒤집었다.

"아버님. 빨리 죽어 부리랑께유."라는 말이 고스톱 판에서 나왔고, "아주버님, 똥 싼 거나 묵어소, 마." 하는 정도가 그 판에서는 어색하지 않은 일상적인 용어가 되었다.

교수와 조교, 국장과 젊은 직원, 사장과 사원 등의 신분적 벽도 그 판에서는 아무것도 아니게 자연스러워졌다. 접대 고스톱, 상납 고스톱이라는 부정적 이미지에다가 '짜고 치는 고스톱'이라는 세태 풍자어까지 등장하여 유행하고 있다. 또 '전** 고스톱'이라느니 하는 웃지 못할 유형도 나타났었다.

그때 나 역시 고스톱의 광팬이었다. 자투리 시간에 자주 즐겼다. 시간과 장소가 허락되면 '고!' 였다. 여행이나 등산을 가면 그냥 밤이 이슥하도록 치고 또 쳤다.

친구들과 등산을 하다가도 좀 쉴만한 곳에서 숨을 돌리려 하면 누군가가 "펴라!" 하고 소리친다. 바로 누군가 맞장구를 친다. "좋다. 붙자!" 늘 가지고 다니는 '미군담요'를 편다. 그리고 단장에 판을 벌인다. 그러다가 누군가 크게 터지면 씩씩거리며 "치워라." 하고 패를 던진다. 그러면 배를 잡고 웃고 놀리고 하면서 판을 거두어 또 길을 가는 것이었다. 그러다가 또 괜찮은 장소가 나오면 또 누군가 "붙자!" 하고 외치면 누구도 반대하지 않고 만면에 웃음을 띠며 "좋다. 이번에는 맛 좀 보여주지." 하고 덤벼드는 것이었다.

고스톱의 풍조가 얼마나 강렬했던지 온갖 에피소드도 많았다.

온 국민이 그야말로 못 먹어도 '고!' 였다. 시대가 팍팍하여 그렇게라도 숨통을 터야만 살 수 있었는지도 몰랐다. 온천에 친목 여행을 간 사람들이 정작 온천물에 손도 한 번 안 담그고 밤새워 '고!'를 외치다가 아침 식사도 겨우 하는 그런 경우가 비일비재하였다.

그 시기에 이런 사회 풍조를 염려하는 식자들도 많았고, 언론 등에서는 망국론까지 나올 정도였다. 몇몇 나라의 언론에 우리나라 사람들의 고스톱 열풍이 소개되기도 했다. 내가 봐도 참 심했다.

고스톱, 가장 민중 지향적 게임

한 이십년쯤 전에 읽은 글이다. 어느 잡지인지 단행본인지 글쓴이는 누구인지도 잘 모르겠다. 다만 안동지방의 모 대학의 민속학 교수가 쓴 글이라는 것은 기억이 난다. 이것도 확실하다고 자신할 수는 없지만. 그때 읽었던 이야기가 하도 재미있어서 여러 사람에게 글의 내용을 전해주었기에 내용은 아직 어렴풋이 생각난다.

그분은 먼저 화투의 기원을 우리나라 골패에서 비롯되어 서양으로 갔다가 일본을 거쳐 다시 우리에게로 돌아온 것이라고 밝혔다. 그리고 게임에 깃들어 있는 여러 가지 민속학적 의미를 재발견하여 해설하였다. 그중 몇 가지가 참 재미있어 나름대로 재구성해 보았다.

고스톱은 매우 민중 지향적 게임이다. 게임이란 본래 대중성이라는 속성을 갖는 것이지만 유독 고스톱이 좀 별나다.

첫째, 다른 화투 놀이는 광이라든지 열(십)짜리 등 그 부여된 신분적 점수가 굉장히 큰 작용을 하는데, 고스톱에서는 다양한 점수가 곳곳에 산재되어 있고 많은 변수가 있어 광이나 열짜리 등의 힘이 별로 크지 않다는 것이다. 주어진 신분이 그렇게 중요하지 않다. 사실 고스톱에서 광 한두 개 들어왔다고 '고!' 했다가는 틀림없이 낭패를 본다. 초짜가 광에 흥분하지, 선수들은 광 따위는 안중에도 없다. 그러니까 고스톱은 종래의 화투놀음과는 달리 신분의 파괴가 일어난 것이다. 이런 것도 요즘 식으로 말하면 일종의 반전인 것이다.

둘째, 아무 쓸데없다고 천대받던 껍데기, 즉 피가 매우 힘을 발휘하는 게임이 고스톱이라는 것이다.

"흑싸리 쭉정이만도 못하다."라고 하면 가장 별 볼일 없는 찌질이 같은 존재를 일컫는다. 그런데 고스톱에서는 그 찌질이들이 힘을 쓴다. 그 찌질이들을 확보하지 못하면 바가지를 쓰고, 찌질이들이 많으면 하나하나가 다 점수요, 바가지를 씌울 수가 있다. 이것은 곧 민중의 지지를 받지 못하면 혁명적 응징을 당하게 되는 것과 같다. 매우 묘미가 있다. 가장 천대받던 것들이 모여 자신들을 등한시하는 존재들에게 바가지를 씌워 응징하는 게임의 묘리. 고스톱이 아니면 어디서 이런 통쾌감을 느낄 것인가?

또 '설사'라는 것이 있어 좋은 패가 깔렸다고 얼씨구나 하고 먹었다가는 자칫하면 설사를 하게 되고, 그중에도 똥 설사는 낭패 중의 낭패이고, 설사해놓은 똥을 먹은 자는 흥겨워 입이 째질 판이다.

뿐만 아니라 고스톱은 찬스, 즉 도전과 제어라는 이중 장치가 교묘히 결합되어 있다. 점수가 되었을 때 스톱해도 되지만 '고!' 라고 외치는 쾌감. 이것저것 따져보고 찬스다 싶으면 과감히 승부를 걸 수 있는 게임이다. 그러나 자칫 허욕을 부리면 고바가지를 쓴다. 고스톱은 허욕을 부려 가당치 않게 '고!' 를 부르는 쪽을 응징하여 쪽박 차게 만드는 제어장치를 갖고 있다. '고!' 가 무산되어 죽상이 된 모습을 보는 것만치 재미있을까? '원 고!', '투 고!', '쓰리 고!' 하고 기세등등하게 압박하여 올 때는 생똥을 쌀 것 같다가도, 역습을 하여 '고바가지'를 씌우거나 '나가리(무효)' 가 되었을 때 얼마나 황홀한가? 고스톱을 치는 재미는 돈 따는 것보다 바로 이런 역전과 응징의 묘미가 더 크고 황홀하기까지 하다.

이것뿐만 아니고 고스톱의 특이성은 룰이 다양하다는 것이다. 큰 틀은 정하여져 있지만 작은 규칙은 그 자리에서 같이 노는 사람들끼리 바로 합의하여 결정한다.

"광바가지 있어?"

"좋아, 원한다면."

"따닥 있어?"

"맘대로."

"난초 열은 쌍피로 할까?"

"연사 있어? 없어?"

즉석에서 참가자들의 기호에 따라 작은 규칙은 정하여버리니 얼마나 민주적이고 융통성 있는 게임인가? 판중에 초짜가 끼어 있으면 단순한 룰을 적용하고, 또 판돈이 얼마 되지 않거나 '점 백' 정도의 친선일 때는 부담 없이 좋다는 대로 룰에 동의해줄 수 있는 것이다.

이러하니 고스톱이 얼마나 민중 지향적이고 민주적 게임인가? 한국인의 기질에 상당히 밀착된, 거의 국기라고 해야 할 오락이다.

고스톱의 기원

사실 고스톱의 기원에 대하여도 왈가왈부가 많다. 내가 알기로는 일본 기원설부터, 우장춘(禹長春) 박사 창작설, 부산 국제시장 진화설 등이 있다. 그러나 나의 견문으로는 이 게임이 처음 등장한 것은 1960년대 중반기가 틀림없다. 그리고 최초의 진원지는 부산인 것도 분명한 것 같다. 일본에서 왔든지, 우장춘 박사가 만들었든지, 국제시장에서 진화되었든지 그 첫 경로는 부산일 수밖에 없다. 나는 그중에서도 우장춘 박사 창조론을 매우 지지하는 쪽이다.

그 첫 이름인 '고도리(五鳥)'부터 대부분의 용어가 일본어로 되어 있고, 현재의 화투는 일본인이 만든 것은 틀림없고, 그림도 모두 일본식이다. 그래서 일본에서 발생하고 일본에서 전래되었을 것처럼 여기는데, 이는 옳다고 보기 어렵다. 일본에서는 명치 이후 화투놀이가 극형에 해당하는 중죄여서 화투놀이 자체가 사라진 지 오래다. 또 일본 사람들은 그 누구도 고스톱을 모른다. 또 해방 직후 6·25 전란 등을 겪으며 한일 관계의 교역이나 왕래가 그렇게 잦지도 못했다. 이런 정황으로 볼 때 일본 기원은 무리인 것 같고, 또 일본 사람들은 게임을 복잡하게 만드는 것을 기질상 좋아하지 않는다. 그들은 무엇이든지 단판 승부 아니면 화끈하게 바로 결판내는 게임을 즐긴다. '아싸리' 하게 놀아야 직성이 풀리는 사람들이다. 일본 씨름이나 검도도 그렇게 결판낸다.

국제시장이나 자갈치 부근의 상인들이 이것저것 화투 게임을 재미나게 엮어보는 중에 서서히 진화된 것이라는 설도 설득력이 없다. 왜냐하면 고스톱은 매우 복잡하면서도 상당한 고난도의 게임이라서 어지간한 창의성 없이는 만들어지기 어렵고, 진화하려면 엄청 시간이 걸릴 것이기 때문이다.

우장춘 박사 창조설은 우 박사의 위명에 힘입어 그분이라면 이 정도 게임은 고안해낼 수 있을 것이라는 기대 때문인지도 모르겠으나 다소 일리도 있다.

우 박사는 주지하는 대로 어머니가 일본인이고, 일본에서 출생하였고, 공부며 연구생활을 다 일본에서 하였기에 우리말은 거의 몰랐다. 해방 후 한국 농촌을 살려야 한다는 간절한 염원으로 이승만 박사가 온갖 공을 들여 모셔온 분이다. 대마도를 준대도 바꿀 수 없다던 국보적 존재였다. 신생 조국의 부름을 받고 귀국선을 탄 것이다. 가족도 없이 혼자서 부산 동래의 원예 시험장에서 기거하셨다.

아버지의 고국이고, 나름의 애국충정도 있어 한국에 왔지만 무척 외로운 삶이었다. 그분은 술도 담배도 입에 대지 않았다.

운동이나 바둑 등 특별한 취미도 없었다. 말도 잘 소통되지 않았다. 말을 많이 하는 분도 아니었다. 다만 그분의 유일한 소일거리는 화투놀이였다고 한다.

연구와 직무에 시달리다가 다소 한가한 시간이 있으면 화투놀이를 즐기었다 한다. 그게 유일한 낙이었다. 하루 일을 다 마치고 직원들이 퇴근하려 하면 홀로 지내는 시간이 외로우셨던지 가까운 사람들을 붙잡았다고 한다.

"그냥 가는 게야?"

박사님의 취미가 화투놀이인 줄 뻔히 알기에, 또 외롭게 혼자 늦은 시간을 지내는 것이 안쓰러워 같이 화투놀이를 상대해주면 그렇게 좋아하며 열중했다고 한다. 근무를 마치고도 밤을 샐 정도로 연구에 열정을 쏟는 분이지만, 그 틈틈이 즐기는 화투놀이가 유일의 취미였다. 그러나 늘 하는 게임이 식상하여 새롭게 재미있는 게임을 개발한 것이 고스톱이라는 말이 부산 동래 지방에는 오래 전부터 떠돌아왔다. 박사는 우리말을 모르니 모든 용어가 일어일 수밖에 없고, 매우 머리 좋은 사람이 아니고는 이런 게임을 창출해낼 수 없으리라는 생각 때문에 더욱 우 박사 창조론에 무게가 실리는 것이다.

*

2000년대 들어서며 우리 사회의 고스톱 열풍은 진정된 듯하다. 급변하는 세태에 오락이나 유희가 많이 달라졌기 때문이리라. 전자오락을 비롯한 컴퓨터게임, PC를 통한 바둑이나 고스톱, 포커

180

나 훌라 또 다양한 레저 문화가 발달하면서 고스톱은 늙은이들이나 즐기는 완전히 한국화(?)로 밀려나고 있다. 경로당이나 마을 회관에서 노인들 중심의 게임으로 바뀌어가고 있는 것이다. 식당에서 화투 치는 일은 거의 없어졌고, 직장에서도 열기가 식었다. 대신 젊은 축을 중심으로 서양식 포커나 훌라 등이 유행하고 있다.

나는 고스톱이 별로 생산성 없는 사행적 놀이기는 해도 아주 나쁜 짓은 아니라고 본다. 사람이 어디 일만 하고 살 수가 있나? 인간들이 살아가는 데 게임, 오락, 도박이 없는 시대나 사회가 있었는가? 노름이니 도박이니 하는 것과는 성질이 다른 오락으로서의 고스톱은 나쁘거나 부도덕한 것이라고 매도할 것까지는 없다고 생각한다.

밥 내기나 술값 내기 등은 도박으로 보지 않는다는 판례도 있다. 사람들은 일만 하고는 살지 못한다. 또 사람들 중에는 상당한 비율의 숫자가 근원적으로 노름이나 도박에 경도하도록 되어 있다는 심리학자들의 견해도 있다. 불로소득을 노리는 것은 파렴치하고 말종들이 하는 짓이다. 그러나 좋은 친구들이나 동료들이 한가한 시간에 어울려 '고'나 '스톱'을 열창하며 신나게 떠들어가며 유쾌하게 한판 붙고 나면 속이 후련해진다. 가끔 그런 경우도 있어야 인화나 친선이 유지되기도 하는 것이다.

세상에는 꼭 필요하지 않은 것도 존재해야 한다. 무엇이든 지나치게 경도되는 것은 바른 풍조가 아니다. 우리 국민도 이제는 성숙한 대중오락과 문화를 향유할 때가 되었다.

개똥지빠귀를 위한 변론

제2장

똥들의 반격

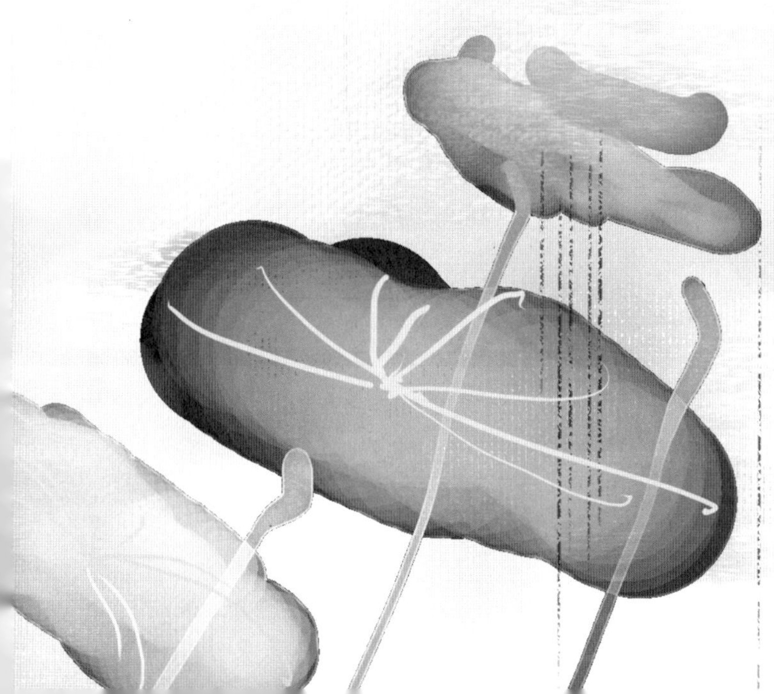

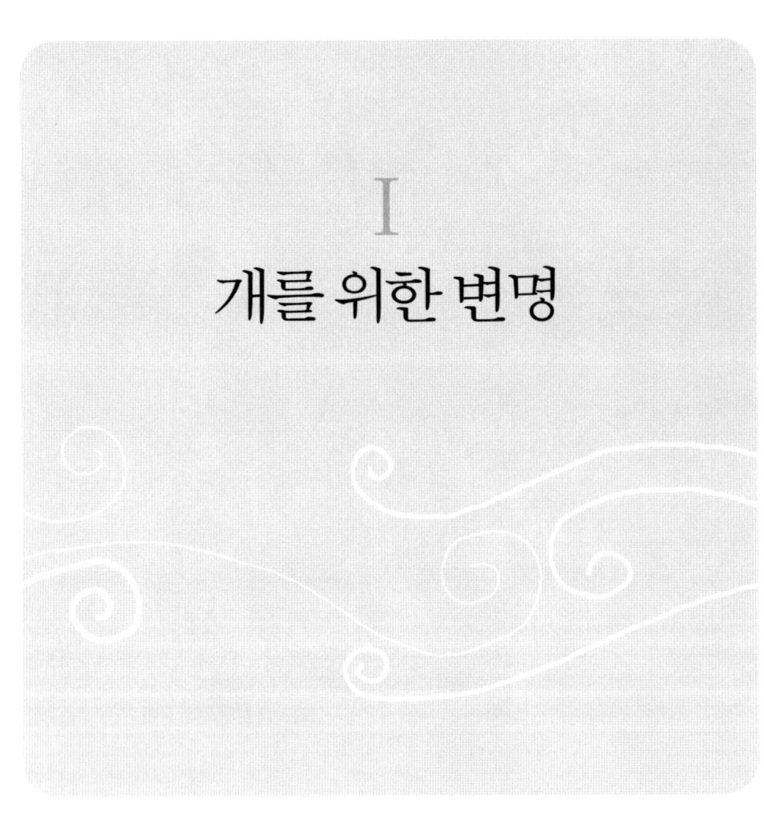
I
개를 위한 변명

너무 무거운 개 이야기

*

　내가 대학 시절에 본 만화 한 토막이 평생 동안 잊히지 않는다. 그 만화는 시사 잡지에 사회 평론 삽화형식으로 실린 그림이었다. 만화가에 대하여는 잘 기억이 나지 않는다. 루리는 아닌 것 같다. 그러나 그 그림과 글귀는 확실히 기억난다.

　재판정에서 재판 광경이 전부인 한 컷짜리 만화였다. 그런데 특이한 것은 재판장도 검사도 변호사도 모두 개라는 것이었다. 뿐만 아니라 원고도 피고도 모두 개였다. 그러니까 개들의 나라 재판 광경이었다. 가운데 근엄하게 생긴 개 재판장께서 피고인 개를 심문하고 있었다.

　"에, 그러니까 피고는 원고를 가리켜 '인간 같은 놈.' 이라고 말한 적이 있는가?"

　이것이 그 만화의 전부이다. 재판정의 광경이 충분히 상상되셨는지 모르겠다. 어쨌든 이 만화는 개들의 나라에서 개들끼리 송사가 붙어서 재판을 받고 있는 장면을 그린 만화인 것이다. 그런데 그 재판장의 심문이 가히 압권이다.

"피고는 원고에게 '인간 같은 놈' 이라고 말한 적이 있는가."

나는 그 만화를 보고 포복절도하였다. 거의 기진할 지경으로 웃었다. 웃고 또 웃어도 웃음이 나왔다. 스물 한두 살의 학생 때이니 감수성과 직관력이야 한창때였겠지만 그 인간 비평의 날카로운 풍자가 너무나 굴욕적이면서 자조적이어서 웃음을 참을 수가 없었다.

'인간 같은 놈'……. 개들의 나라에서 이보다 더 치욕적인 욕이 어디 있겠는가? 그 데미지는 인간들의 세계에서 특히 한국 사회에서 회자되는 '개새끼' 또는 '개 같은 놈' 이라는 욕보다 훨씬 클 것 같았다.

인간들은 다툴 때 흔히 상대를 향해 개를 앞세워 욕지거리를 퍼붓는 경우가 많다. 심히 모욕적이다. 이런 욕설을 들으면 인간들은 참지 못한다. 특히 한국인은. 얼굴은 붉어지고, 혈압은 오르고, 씩씩거리며 흥분하여 반격을 가하게 마련이다. 입으로 하든지 몸으로 하든지 좌우간 한바탕 활극을 벌이게 될 것이다. 그러나 더러는 명예 훼손으로 법정에까지 사건을 끌고 가는 사람도 있을 수 있고, 만약 그렇게까지 발전한다면 그런 욕설을 지껄인 사람은 유죄 판결을 받을 가능성이 다분히 높다.

*

그런데 인간들이 서로 비난할 때 '개 같은 놈' 이라고 욕하면 욕을 들은 상대편이 몹시 흥분하게 되는데 그 이유가 무엇인가? 그 정도의 욕에 왜 그렇게 흥분하는가? 개가 도대체 어떤 존재

이기에 '개 같은 놈'이 그렇게 모멸적인 욕인가? 이쯤에서 우리
는 개에 대하여 한 번 따져볼 일이다.

개가 뭘 잘못했으며, 어떤 결함을 지녔기에 이렇게 인간들로
부터 비난을 받아야 하는가? 개에 대한 탐구를 엄정하게 해보
자. 개의 어떤 점이 인간으로 하여금 이렇게나 거부감을 갖게 하
며 흥분하게 하는지 규명해보자는 것이다.

개의 개다움이 뭐기에, 좀 근사하게 이야기하여 개의 정체성
이 뭐기에 개가 비난받는가? 나는 개를 오래 키워봐서 개의 이
모저모를 알만치는 아는 사람이다. 여기서 개에 대하여 언급하
는 이야기의 방향은 개의 부정적 측면이어야 할 것이다.

개는 짐승이니 먹는 것을 우선으로 한다. 먹는 것 앞에서 침을
흘리고 꼬리를 치게 마련이다. 먹이 앞에서는 이빨을 드러내며
공격적인 자세도 취한다. 먹는 것 앞에서는 참 치사하게 군다.
그런데 이 점은 다른 짐승들도 다 마찬가지이다. 돼지인들 코끼
리인들 물개인들 그렇지 아니한가? 인간도 역시 마찬가지이다.
"먹이가 있는 곳에는 틀림없이 적이 있다."라는 명구는 오랜 시
간을 걸쳐 인구에 회자되고 있지 않은가.

또 개는 힘이 약한 놈을 구박하는 경우가 종종 있다. 떠밀고
내쫓기도 한다. 그러나 이 역시 개만의 특징은 아니다.

개는 호색적이어서 흘레를 유난히 좋아하는가? 그러나 이것
도 정답이 아니다. 발정기가 아니면 그렇게 죽자 살자 섹스에 매
달리지 않는다. 부모 형제와는 교접하지 않는다고 알려져 있다.
어릴 때 길거리에서 개가 서로 붙어 교미를 하는 경우를 많이 보

았다. 서로 꼬리 쪽을 맞대고 교접을 하는데 상당히 오래도록 하고, 장소를 가리지 않는다. 개구쟁이 아이들이 그 교접 장면을 보고 물을 끼얹기도 하고 심지어 몽둥이질을 하기도 하는데, 그 결속은 잘 풀어지지 않는다. 처녀애들은 이런 광경에 질겁을 하고 도망치기 마련이다. 이것이 개의 더러운 점 중 가장 고득점 순위에 속할 것 같다. 아무 곳에서나 한다. 오래 한다. 그러나 닭, 소, 돼지 들은 아무 곳에서나 하지 않는가? 좀 오래 하는 것이 그렇게 비난받을 일인가? 인간들은 개의 그 긴 시간을 흠모(?)하여 개고기라면 사족을 못 쓰고 먹어 대지를 않는가?

개는 주인의 말에 복종하여 그 주구 노릇을 한다? '주구' 라는 말 자체가 '맹목적 추종' 이라는 의미를 지니고 있다. 말 그대로 '따르는 개' 라는 의미이다. 먹이를 주는 자나 자기보다 힘이 센 자에게 절대적으로 복종하며 그 앞잡이가 되는 것을 흔히 '주구' 라고 한다. 그러나 이 점은 코끼리도 비슷하고, 물개나 돌고래도 유사한 성향을 보인다. 그리고 또 이 점이 개의 가장 장점이라고 애견가들은 소리 높여 외친다. 이것 때문에 개를 키운다. 이러한 충성심과 주인에게 쏟는 애정이 어떤 동물보다 낫다고 해서, 심지어는 사람보다 낫다고 해서 감격해 마지않으며 개를 끼고 사는 사람이 너무도 많다. 개가 주구노릇을 한다고 매도하기에는 관점이 전연 다를 수도 있으니 개의 단점이라고 단정적으로 지적할 수는 없을 것 같다.

그러면 개는 멍청한가? 이 질문은 더구나 개가 비난받을 요목이 아니다. 소, 닭, 곰, 노루, 토끼…… 얼마든지 멍청한 것들이 많은데 개를 멍청한 것이라고 폄하하는 것은 애견가들이 들으면 기를 쓰고 대들 것이다. 개는 인간 다음에 가장 영리한 짐승으로 치는 편이다. '닭대가리'라는 비아냥거림이 있을 정도로 머리 나쁜 동물들이 얼마나 많은가.

그렇다면 도대체 개가 비난받아야 하는 점이 무엇인가. 왜 인간은 걸핏하면 '개 같은 놈' 하고 개를 의탁하여 상대를 비난하는가. 개의 어떤 점 때문에 '개새끼'라는 욕설이 인간 사이에서 횡횡하는가. 사기를 치는가? 개가 살인(자기들끼리니까 살견이 맞겠다)을 하는가? 개가 간통을 하는가?

어쨌든 개는 인간들의 비하를 받으면서도 끔찍한 사랑도 받는 묘한 동물이다. 개를 사랑하는 정도가 거의 광적이다 싶을 수준의 애견가들도 부지기수다. 아주 진귀한 애완견은 그 값을 따지는 사람이 촌놈 소리를 들을 정도로 고가이다. 어쩌면 인간의 값(?)을 초월하는 귀한 몸도 수두룩하다. 주인에 대한 충성심과 그 의리 때문에 개를 기리는 비석, 탑, 무덤이 숱하고, 온갖 전설도 많다. 심지어는 작위를 받은 견공도 있을 정도이다. 이런 개를 인간들은 서슴없이 '개 같은 놈'이라고 매도하는 데 이용하니, 개로서는 혼절 복통할 일일 것이다.

*

그런데 개들의 사회에서 '인간 같은 놈'이라고 욕을 당한 개가 있다면 그것은 또 어떤 의미이고, 그 충격은 어느 정도일까?

내가 젊은 시절에 본 그 만화는 우리에게 이것을 이야기하고

싶었던 것이다. '인간 같은 놈' 이란 추잡하다는 뜻일까? 무식하
다는 뜻일까? 게으르다는 뜻일까? 악랄하다는 뜻일까? 믿을 수
없는 놈이란 뜻일까? 색만 밝히는 것들이란 뜻일까? 이 모두일
까?

개의 경우와 마찬가지로 인간이 도대체 어떠하기에 저들에게
서 '인간 같은 놈' 이란 표현이 재판을 벌여야 할 만치 모욕적이
란 말인가?

개들의 눈에 비친 인간을 한번 가상하여 보자.

"저 인간들 좀 봐."

"저 인간새끼."

"저 인간만도 못한 것들."

"인간들도 귀여운 것들이 있다구."

"인간이라도 그런 짓은 안 할 거야."

이쯤 되면 우리는 인간으로 산다는 것 자체가 모욕이고 굴욕
이다. 만화가는 한 컷의 그림으로 인간을 그리고 인류 문화를 요
절내었다.

우리의 삶과 행위가 얼마나 저급하고 속물적이며 동물적인가
를 잊은 채 우리 인간들은 매우 고등한 문화를 향유하는 거룩한
존재인 양 살아가고 있다. 인간은 제 스스로에 도취하여 이제는
신의 영역까지 넘보며 기고만장하게 설치고 있다.

생명공학과 핵공학, 우주 탐색이 바벨탑이 되어 인류를 처참
하게 만들지도 모른다. 우리 인간들이 매일 벌이고 있는 추한 삶
의 궤적을 돌아보면 하루에 몇 번이라도 절망적 나락으로 빠져

드는 자의식을 지울 수가 없다.

속이고, 거짓말하고, 훔치고, 폭언과 폭행으로 몸과 마음에 상처 주고, 굶기고, 가두고, 고문하고, 죽이고, 그러면서도 승자의 논리가 지배하는 인간 사회는 더 이상 희망적이지 않다고 탄식하는 사람들이 종교인들만은 아닌 것 같다. 현대사회의 몇 안 되는 세계적 석학인 영국의 리처드 도킨스(Richard Dawkins)는 『만들어진 신』에서 이러한 인류의 위기를 심각하게 지적하고 있다.

만화가의 익살이나 재치쯤으로 여기고 말 만화가 아닌 것 같아 수십 년을 가슴속에 새기며 살아왔다. 개들의 재판정에서 '인간 같은' 이란 말이 상대에 대한 칭찬의 변론은 아니더라도, 최악의 모욕적 언사가 되지는 않도록 살았으면 좋겠다.

개똥철학

*

경제학은 경제를 연구 대상으로 삼고, 정치학은 정치를 연구 대상으로 삼는다. 그러면 철학은 무엇을 주된 대상으로 삼는 학문인가? 흔히 하는 우스개로 철학은 '철' 을 연구하는 학문인가? 모두 무심히 지나고 만다. 별로 의문을 가지지도 않는다. 실은 이게 가장 중요한 문제인데도. 철학의 주된 연구 대상이 무엇이냐에 대하여 심지어 대학생들까지도 "글쎄요." 하고 고개를 갸웃거린다. 다 잘 알면서도 막상 개념화하기 힘든 용어들이 가끔 있는데, 철학도 그런 부류에 속하는 듯하다.

철학의 주요 연구 대상은 말할 것도 없이 '인간' 이다. 인간이란 어떤 존재인가, 인생이란 무엇인가, 어떤 삶이 바람직한 삶인가 등 인간, 인생, 삶을 주요 대상으로 하는 연구가 철학이다.

인간에 대한 탐구는 동서양을 막론하고 끊임없이 진행되어왔지만 또 위대한 철학자들과 종교 지도자들이 명멸해갔지만 별로 해결된 것도 없어 보인다. 사실 누구나 인간으로 살아왔고, 인생을 살고 있으므로 그리고 자신과 남에 대하여 이런저런 고뇌들을 하여 왔기에 인간이라면 모두 철학을 한다고 볼 수 있다.

우리는 모두가 철학자이다. 어린아이는 꼬마 철학자이고, 나이 든 사람은 늙은 철학자인 것이다. 물론 젊은이는 젊은 철학자이다.

*

지금이나 옛날이나 대학생활이란 멋도 있고 고뇌도 있게 마련이다. 젊음의 멋을 만끽하며 다소 오만스런 자부심과 부푼 허세와 또 번쩍이는 직관, 그런가 하면 또 치열한 고뇌와 날카로운 비평과 무모한 도전과 좌절! 이런 질풍노도를 겪는 것이 대학생활인 것이다.

온갖 책들을 섭렵하고, 그 책들로부터 새로운 영감과 새로운 인식과 세계에 대한 나름의 각성을 빨아들인다. 그러고는 또 그것들을 토해내고 싶은 열정에 휩싸인다. 그래서 젊은이들은 끼리끼리 잔을 기울이며 토로하고, 울부짖고, 부르르 떨기도 하는 것이다. 가끔은 세상이 더럽고, 같잖고, 더러는 부수고 싶기도 하다. 또 더러는 도전하고 사랑하고 싶기도 한 세상을 향해 서로서로 고함들을 질러가며 술잔을 비우는 것이다.

고갈비에 막걸리는 참 잘 어울리는 젊은이의 술차림이다. 쥐포에 생맥주도 좋다. 소주에 짬뽕 국물이면 어떠냐. 술잔을 연신 비우며, 문학을, 사랑을 가슴으로 싸안기도 하고, 또 세상의 비리에 비분강개하며 세계를 들었다 놓았다 하는 것이다.

이럴 때는 서로들 상대를 감동시킬 명언이나 논리를 쥐어짜가며 명철함을 자랑하기도 한다.

"나는 도저히 칸트를 사랑할 수 없어. 반(反)칸트적일 때 우리는 구원받을 수 있다고."

"실존이라고? 너 정말 웃겼어. 시간이고 공간이고 자체가 허구고, 존재라는 것들은 다 허상이야."

혀가 고꾸라지고 목이 꺾여도 기개는 당당했다.

이런 것들을 일러서 '개똥철학' 이라고들 했다.

*

'개똥철학'.

무어라고 정의하기가 좀 그렇지만 그것은 그렇게 지저분하지는 않다. 오히려 비릿하기도 하고, 또 다소 유치하며 음울하기도 하고, 어쩌면 상큼할 수도 있는 그런 이미지다.

덜 익은 것만은 확실하다. 비체계적인 것도 분명하다. 전연 논리적이지도 않고, 일관성도 없다. 그러나 반짝이는 직관이 있다. 아름다운 서정이 묻어 있다. 폭풍 냄새가 난다. 고뇌가, 눈물이, 호기로움이, 그리고 사랑이 알토란처럼 영글어 있다.

비단 학창시절만은 아니다. 살다 보면 가끔 살아가는 데 필요한 말 이외의 말이 하고 싶을 때가 있다. 친구나 직장 동료, 또 우연히 만난 그 누구와라도 먹고사는 이야기 아닌 말들을 하고 싶을 때가 있는 법이다. 그럴 때 우리는 비록 정리되지 못하고, 순정품은 아니라도 가슴 깊은 이야기를 나누고 싶다. 그렇게 함으로 후련한 카타르시스가 되기도 하고, 또 다른 영감을 얻기도 하는 것이다. 문학, 철학, 종교, 정치……. 화제는 춤을 추고 소주병은 쌓여가고 밤은 깊어져도, 그래도 뭔가 살아 있음을 절감하며 '나, 아직 죽지 않았다고.' 라고 항변이라도 하듯.

'개똥철학'은 '개똥'보다는 확실히 위대하다. 그것은 억울하게 명명된, 우리처럼 늘 흙구덩이에 팽개쳐진 이름이다. 그러나 그 이름은 오히려 청량제가 되고, 활력소가 되고, 우리를 깨어 있게도 하는 것이다.

누가 '개똥철학'을 비하하려는가? 누가 '개똥철학'을 감히 낮추어 보려는가?

'개똥'의 이름으로 단죄하여야 할 것들. 학구적인 체하고 현학적인 췌사에 젖어 있는, 넘치는 그들에게 엄중 경고한다.

'개똥' 만세! 위대한 '똥' 만세!

Episode 3
방귀의 익명성 — 똥 뀐 놈이 성낸다

*

똥 뀐 놈이 성을 낼 수 있는 것은 다분히 방귀의 익명성에 기인한다. 똥과 사촌지간인 방귀 역시 만만찮은 관록을 지닌 걸물이다. 그 냄새만으로도 주변을 압도하고 칙칙한 소리까지 불쾌감을 고조시킨다. 폐쇄된 공간에서 대책 없이 놓아버린 공기 한 줌은 심한 경우에는 현기증을 일으킬 정도로 강렬한 냄새를 피운다. 이 방귀란 것이 시도 때도 없이 창자를 훑고 내려와 방사되려고 할 때 여간 곤욕스러운 것이 아니다. 참자니 창자가 뒤틀리고, 내뿜자니 좌중에 큰 폐해가 됨은 물론 그 민망스러움을 어찌 감당하겠는가?

그래서 예로부터 실로 난감한 경우를 예로 들 때 금방 시집온 신부의 방귀가 곧잘 등장하는 것이다. 시어른께 처음 절을 올릴 때 저도 모르게 뽕 하고 소리가 터져 나와 버렸다면 실로 황당한 일이 아닐 수 없다.

방귀는 소리가 있는 것과 없는 것, 냄새가 독한 것과 그렇지 않은 것으로 조합하여 분류하면 몇 가지 경우의 수가 나오겠지만 어느 경우든지 상쾌한 존재는 아닌 것이 확실하다. 소리 없이 은밀하게 방사되어 그 지독한 냄새가 공간에 퍼져갈 때 모두가 죄인이 된다. 그리고 또 모두 '나는 아니야.' 라는 표정을 짓는다. 그런데 이럴 때 아주 강력하고 단호하게 자기표현을 하는 사람이 있는데 묘하게 그럴수록 그 사람에게 누명이 씌워지는 것이다.

방귀의 익명성은 역공까지 가능하게 한다.

"누구야? 아유 지독해." 하면서 먼저 치고나가며 혐의를 벗어나려는 사람이 있다. 대개 그 사람이 당사자일 가능성이 있다고 본다. 그렇게 잡아떼는 사람이 오히려 지목을 받게 된다.

"똥 뀐 놈이 성낸다."라는 말은 거의 맞는 것 같다. 대개 우리는 굳이 누가 그 당사자인가를 알려고 하지 않는다. 순간만 조금 참으면 해결되고 잊어버리는 것을 굳이 시빗거리로 삼으려 하지 않는다. 그래서 "날아가는 방귀 가지고 시비한다."는 말도 생겼을 것이다. 그런데 유별나게 못 견뎌하며 주변을 둘러보고 남들을 불편하게 하는 사람이 있다. 이런 사람이 바로 '똥 뀌고 성내는 사람' 이다.

남 앞에서 소리 나게 방귀를 뀌었을 때 참 난감하다. 특히 점잖은 자리나 아주 가깝지 않은 남녀 사이에서는 죽을 맛이다. 옛날 모 대통령께서 장관들과 어디를 행차하였을 때 연세 많으신

각하께서 주착스럽게 그만 방귀를 놓아버린 것이다. 서로가 민망하였다. 놓은 쪽도, 들은 쪽도 난감하였을 때 어떤 주변 인사가 "각하, 시원하시겠습니다."라고 말했더란다.

이 말이 표본적 아첨꾼의 언사라고 아직까지 인구에 회자되고 있다. 그런데 이렇게 매도하는 것은 다소 가혹한 평가라고 생각된다. 모두가 난감한 경우에 재치 있게 얼버무려 한 번 웃고 털어버리는 순발력 있는 익살이라고 보면 어떨까? 그럴 때 모두 가만히 있거나 딴청을 부릴 수도 있겠지만 재미있게 '거 시원하시겠구랴.' 하면 모두 한 번 허허 웃고 지나가지 않는가. 굳이 그런 일까지 의미를 부여하여 아첨이니 충성이니 입방아 찧을 일은 아니라고 본다.

사람 사는 세상에는 출처가 분명하지 않거나 누구에게 책임을 물어야 할지 애매한 일들이 더러 일어난다. 여럿이 같이 살고 일하다 보면 굳이 누구의 책임이라고 단정하기 어려운 일도 있다. 또 책임 소재가 명확하지 않은 일도 있다. 이럴 때 제일 먼저 일에서 빠져 나가고 책임을 모면하려고 사래질부터 하는 사람들이 있다. 가장 밉상인 인간들이다. 대개 이런 사람이 왕따를 당한다.

또 자신이 일의 단초를 만들어놓고는 은근슬쩍 빠져 나가려는 사람도 있다. 일이 잘못된 사단을 만든 장본인이 남에게 책임을 전가하는 경우까지 본다. 인간관계에서 제일 야비한 경우 중 하나일 것이다. 작은 잘못은 오히려 웃음을 자아내게 하고, 경우에 따라서는 애교스럽게 여긴다. 사소한 잘못에 펄쩍 뛰며 자신이 무관함을 소리 내어 주장하는 사람은 거의 예외 없이 남의 잘못을 보았을 때는 절대로 참지 않고 노발대발하는 사람이다. 큰 실수를 하여 도덕성을 잃거나, 조직이나 주변에 큰 손실을 초래한 경우에도 우리는 감싸줄 수 있다. 그러나 살다 보면 일어나는 사소한 일들을 가지고 너무 호들갑스레 반응하지 않았으면 좋겠다. 방귀 정도를 가지고 명예가 손상되고 권위가 실추된다면 벌써 그것은 명예도 권위도 아닌 것이다.

똥을 뀌었다고 자수를 강요할 필요도 없고, 똥냄새가 좀 난다 하더라도 그냥 참는 것이 보통 사람의 보통적인 대응이다. 그런데 요즘은 세상만사 너무 반응이 빠르다. 요즘 한국 사람들은 너무 즉각적인 반응을 하는 것 같다. 즉물적 사고가 이렇게 나타나는 것일 게다. 별일도 아닌 것을 가지고 너무 많은 말들을 만들어낸다. 그러고는 서로의 말들로 서로를 공격하고 있다. 방귀는 벌써 허공으로 사라졌는데 열심히 싸우고들 있다. 나중에는 왜 싸우는지도 모르고 싸우고 있다.

또 세상에는 '제 똥 구린 줄 모르는 사람' 도 많다. 사실대로 고백하자면 나도 희한하게 내 똥은 좀 덜 구리다. 제 것이라서 그런지, 예감하고 있어서 그런지, 아니면 초기 단계에서부터 코가 익숙해져서 그런지 모르겠으나 확실히 제 똥은 좀 덜 구리다. "제 똥 구린 줄 모른다."라는 말은 좀 능청스럽거나 다소 뻔뻔하거나 제 잘못 눈치 못 채는 사람의 일처리나 사고를 두고 하는 말인데, 너나 할 것 없이 제 일에 대하여 선뜻 잘못되었다고 말하기가 쉽지는 않다.

무언가 변명거리를 만들고 합리화하려고 하는 것은 인지상정이다. 그런데 그것이 방귀 정도라면 얼마나 좋겠는가? 우리는 웃으면서 참아줄 수 있다. 하지만 크고 어려운 일인데도 구린 줄 모르고 버티거나, 엇길로 나가는 사람을 볼 때는 참 황당하다 못해 분노가 솟구친다. 한 발 들여놓았을 때 "앗, 뜨거!" 하고 튀어나올 일이다.

방귀는 누구나 뀐다. 다시 말해 실수란 누구나 한다. 다만 작은 실수가 큰 실수로 이어지지 않도록 할 일이다. 실수가 또 다른 실수를 유발하는 경우를 참 많이 본다. 실수는 작을 때 한 번으로 끝나야 하는 것이다. 이런 정도로만 살아도 세상은 그런대로 산 것이 될 것이다.

'개똥철학'.

무어라고 정의하기가 좀 그렇지만 그것은 그렇게 지저분하지는 않다.

오히려 비릿하기도 하고, 또 다소 유치하며 음울하기도 하고,

어쩌면 상큼할 수도 있는 그런 이미지다.

덜 익은 것만은 확실하다. 비체계적인 것도 분명하다.

전연 논리적이지도 않고, 일관성도 없다. 그러나 반짝이는 직관이 있다.

아름다운 서정이 묻어 있다. 폭풍 냄새가 난다.

고뇌가, 눈물이, 호기로움이, 그리고 사랑이 알토란처럼 영글어 있다.

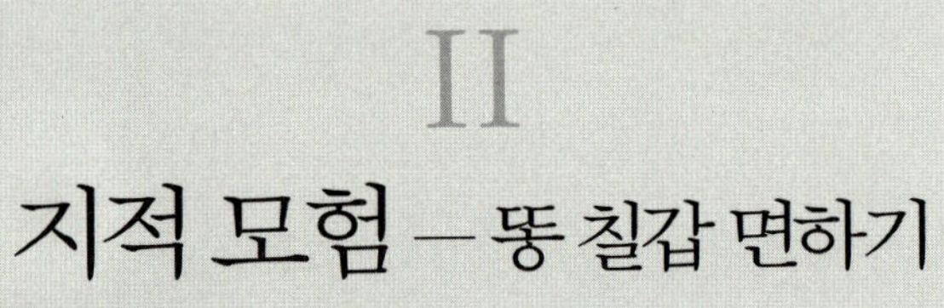

II

지적 모험 — 똥 칠갑 면하기

Episode **1**

이몽룡전(李夢龍傳)

*

　우리의 고전소설 「춘향전」만큼이나 인구에 회자되는 작품도 드물 것이다. 한국을 넘어 세계문학 속에서의 고전으로 자리 잡아 우리 문학의 깊은 맛을 외국인에게까지 느끼게 하는 작품이다. 소설은 물론이거니와 한류 물결을 타고 영화, 뮤지컬, 안방에 파고드는 TV 드라마로, 동아시아에서 미주까지 인기의 영역을 넓힌 우리의 귀중한 유산이다.

　춘향전은 그 구성이나 스토리의 전개, 인물의 설정 등 여러 면에서 한국 고전소설의 백미라고 할 만하다. 그러다 보니 아류도 많고 이본도 많다.

　춘향전은 어느 것이 원전인가에 대하여 아직도 확실한 결론은 내리지 못하고 있지만 대체로 김동욱 박사를 비롯한 여러 학자들이 주장하고 있는 「완판본 춘향전(完板本 春香傳)」이 모본(母本)이라고 하는 설이 대세이다.

　1700~1800년대에 우리나라에는 민간에서 선호되는 민담이나 새로운 창작 소설들이 대량으로 출판되어 유통되고 있었다.

「삼국지」를 비롯한 중국의 인기 소설들이 우리 글로 번역 출간
되었다. 금속활자본이나 목판본으로 대량 인쇄되어 유통된 것도
있고, 직접 손으로 베껴 쓴 필사본도 상당히 있다. 그런데 필사
본은 텍스트를 무엇으로 정하였던 간에 베껴 쓰는 사람의 의도
대로 재생산되는 문제가 허다하게 발생하여 서지학을 하는 학자
들을 곤혹스럽게 한다.

하긴 옥스퍼드의 리처드 도킨스는 『이기적 유전자(The Selfish
Gene)』에서 필사본의 오류가 모본과 다른 새로운 작품으로 발전
하는 경우를 예로 들어, 유전자의 복제를 통한 새로운 종(種)의
출현을 언급하고 있을 정도다.

어쨌든 춘향전은 참으로 이야깃거리를 많이 몰고 다니는 소설
이 되어버렸다. 춘향전 연구에 대한 논문만 해도 대학원 수준에
서의 석박사 논문으로도, 기존 학자들의 논문으로도 이미 수천
편이 나왔다. 지금도 이에 대한 온갖 관점에서의 논문이 생산되
고 있다. 우리 고전문학이 그렇게 왜소하지는 않지만 또 그렇게
풍성하지도 않아서, 막상 고전문학을 새로이 전공하는 연구자들
에게는 춘향전이 손쉬운 단골메뉴가 되기도 한다.

워낙 이본도 많고, 갈가리 해부도 된 작품이다 보니 요즘에는
이를 패러디해서 새롭게 우려먹으려는 사람도 많다. 「방자전」
같은 것이 바로 그렇다. 그러나 춘향전의 주제는 '춘향'으로 대
표되는 조선 후기 사회 여성들의 정절을 기리고, 그러한 가치관
이 널리 확산되기를 바라는 남성 중심적 사고가 자리 잡고 있다
는 것은 고등학교 학생 수준이라도 아는 사실이다. 그리고 춘향

전이 우리 겨레의 가슴에 파고드는 이유는 그 소설 속에는 우리의 염원이 들어 있고, 우리가 잘 아는 이야기 구조와 설화들이 용해되어 있어, 남의 이야기가 아닌 우리 곧 나의 이야기 같은 친숙함이 느껴지기 때문이다.

춘향전에는 몇 가지 설화가 중첩되어 있다. 그중 대표적 설화가 '열녀 설화'이다. 도미의 아내, 박제상의 아내로 대표되는 열녀들의 이야기와 정읍사 등의 망부가 또는 망부석 설화는 우리나라 곳곳에 산재해 있는데, 이런 열녀 이야기가 춘향전의 핵심 구조이다.

또 춘향전에는 원통함을 되갚아주거나 풀어주는 '신원(伸冤) 설화'가 내재되어 있다. 장화홍련이나 밀양 아랑설화 등이 대표적인 것인데, 생시이든 죽어서든 억울함과 원통함을 풀어준다는 이야기다.

그리고 춘향전에는 '암행어사 설화'라는 이야기 구조가 끼어 있어 극적 반전을 불러온다. 그래서 더욱 통쾌한 재미가 있다. 암행어사 박문수로 대표되는 이 설화에는 불쌍한 민초들을 수탈하고 가렴주구하는 탐관오리를 응징하는 시원함이 있다. 힘없는 백성들을 대신하여 가진 자의 횡포를 응징하는 '반전 구조'는 참으로 신나는 일인 것이다.

춘향전은 백성들의 가려운 곳을 긁어주는 이야기인 것이다. 요즘 예술·문화계의 화두가 '반전'인 것을 보면, 무언가 답답한 것들이 많고 따라서 뒤집어지기를 은근히 바라는 마음들이 많기 때문인지도 모르겠다.

*

「춘향전」은 춘향이 이야기다. 춘향이가 주인공이고, 춘향이의 기특하고 아름다움이 전편을 장악하여 독자들에게 감동을 주는 작품이다. 그런데 나는 춘향전을 읽고 공부할수록 무엇인가 잘못되었다는 생각을 떨쳐버릴 수가 없다.

춘향전이니까 으레 춘향이가 주도해야 하지만, 또 그렇게 해야 흥행성도 있겠지만, 진짜로 그 소설에서 위대한 인물은 '이몽룡(李夢龍)'이라고 확신하기 때문이다.

기녀의 딸 춘향이에게 모처럼 찾아온 대박이며 킹카인 이몽룡을 춘향이가 후려친(?) 것은 지극히 당연하다. 은근슬쩍 말미를 주며 관계를 유도하는 춘향이의 애정적 기법, 요즘 말로 '작전'에 이몽룡은 그냥 밥이었던 것이다.

춘향이는 앞길이 보장되어 있지 못했다. 그녀의 인생길은 자기 어머니가 살아온 길처럼 뻔한 삶이 예정되어 있었다. 이러한 상황에서 이몽룡은 춘향에게 있어서 '온몸으로 부딪쳐 보아야 할 행운'이었다. 그런데 막상 만나본 이몽룡이 또 얼마나 준수하고 멋진 젊은이였던지, 금상첨화란 바로 이런 것이다. 춘향이는 도저히 이 만남을 놓칠 수가 없었던 것이다. 사랑이 무르익지 않을 수가 없었다.

그러나 곧 외재적 원인으로 헤어지게 되고, 춘향이는 천재일우의 신분상승의 기회를 놓치게 된다. 몸 주고 쪽팔리게 당한 꼴이다. 설상가상 늙고 추한 변학도가 나타나 극적 긴장감을 높인다. 여기서 춘향이는 목숨 건 투쟁을 감행한다. 삶이 경각에 이를 정도인데도 모질게 참아내어 정절과 사랑을 고수하여 위대한 여성이 되는 것이다.

춘향이가 목숨 건 투쟁을 한 것은 참으로 가상한 일이다. 그러나 이 소설 전반에 걸쳐 시대와 관습에 극렬하게 투쟁하며 저항하고 새로운 패러다임을 만들어가는 장본인은 춘향이보다는 이몽룡이라고 보아야 한다는 것이 나의 궤변 아닌 궤변이다. 춘향이는 정절이라는 고전적 패러다임을 견고하게 고수한 것이지만, 이몽룡은 그 시대 누구도 생각하지 않았던 외로운 사상의 소유자로 처절하게 투쟁하였다.

기녀 월매의 딸과 결혼을 하겠다는 발상이 얼마나 용기 있고 신선한가? 남원부사의 외아들로, 귀하고 똑똑하며 장안의 뚜마담들이 침을 흘릴 고객을, 시골의 한 기생의 딸이 가로채간다니 이야기는 여기서부터 바로 반전이 시작된 것이다. 그리고 그것을 과감히 감행한 이 몽룡은 참으로 도전적이거나 바보천치일 것이다. 집안이 발칵 뒤집어질 일이요. 천부당만부당한 일인데도 '사랑' 앞에서 신분이 무엇이며, 가문이 대체 무엇이란 말인가? 그는 대단한 휴머니스트요, 용기 있는 개혁자였던 것이다.

이 정도의 용기만 해도 가상한데, 서울로 가서 과거에 급제하기까지 온갖 신고를 무릅쓴 것은 인간 승리다. 또 급제 후에 춘향을 구출하기 위한 그의 지모와 배포 또한 가히 영웅적이다. 과거에 급제하여 서울 장안을 3일 주유하는 동안 딸 있는 고관 사대부 집안의 마님들이 이 멋진 귀공자를 사위 삼고 싶어 안달이 났을 텐데, 임금께 전라도 지방으로 보내달라고 청원하고 바로 춘향이를 향해 떠나는 일편단심은 너무나 당당하다. 암행어사가 되어서도 주도면밀하게 현지 상황을 파악하고, 춘향의 사랑이 과연 진실한지 짐짓 떠보기도 하는 그 국량이 실로 위대하다.

그는 그 시대의 소위 잘나가는 젊은이로서의 모든 기득권과 보장된 행복을 마다하고 오직 사랑을 결혼의 절대가치로 인정한, 진정 시대를 뛰어넘은 로맨티스트인 것이다. 참다운 노블레스 오블리쥬의 정신을 실행한 사람이다.

춘향의 이도령에 대한 사랑도 아주 순수한 동기만으로 보아야 하지만, 한편 춘향으로서는 별로 밑지는 장사(매우 모독적이지만)는 아닐 것이었다. 그러나 이몽룡은 다리몽둥이가 부러질 일이요, 가문에서 파문당할 수 있는 엄청난 모험인 것이었다. 누가 얼마나 어려운 난관을 극복했느냐를 가지고 어느 쪽이 더 훌륭하다고 말하는 것은 매우 속물적일 것이나, 누가 더 개혁적인가? 누가 더 그 시대의 불합리와 모순과 맞섰는가? 누구의 의지가 더 능동적인 변화를 위한 모티프를 제공하고 있는가 하는 물음에는 길을 막고 물어봐도 이몽룡 쪽에 무게가 실릴 것이다.

춘향이가 일편단심으로 사랑을 고수하며 매를 맞고, 목숨이 경각에 달렸는데도 굽힘 없이 이도령에 대한 사랑으로 일관한 것은 참으로 위대한 사랑의 승리이고, 그 정절은 우리를 부르르 떨게 하는 고귀한 것이다. 하지만 당시 춘향에게는 그 방법 말고는 자기 구원의 길이 없었던 것도 사실이었다. 그녀가 변학도의 꾐과 위협에 넘어가면 그녀 또한 에미 월매와 똑같은 삶을 살게 될 것은 불 보듯 뻔한 것이 아니겠는가. 그러니 이판사판으로

'NO!' 라고 외칠 수밖에 없었을 것이다. 그렇게 배짱 좋은 여자는 흔치 않은 일이지만 그렇게 함으로써 지긋지긋한 신분의 틀도 벗고, 무엇보다도 잘생기고 멋진 이몽룡과 재회할 정당성도 확보할 수 있지 않겠는가?

*

나의 이 글이 다분히 '춘향이 끌어내리기' 음모의 단초는 아닐까 의심하는 분들이 있을 수 있겠다. 그리고 나아가 여성분들이 '이는 곧 여성 비하를 위한 잔꾀' 라고 한 말씀 하실지도 모르겠다. 그러나 나는 어디까지나 객관적으로 '이렇게 볼 수도 있지 않겠소?' 라고 말하고 싶을 뿐이다. 하여, 시대의 끈질긴 관념 앞에서 훌훌 옷을 벗고 자유인이 된, 그래서 인간의 존엄성과 사랑의 위대함을 선언한 이몽룡의 선구적인 노력과 그 진정성을 알아주자는 것이다. 사랑의 당사자이면서도 적극적으로 언급되지 않고 춘향이만 높이니 이는 잘못되어도 한참 잘못된 것 같다는 말일 뿐이다.

우리는 머리 나쁜 사람을 돌대가리라고 비웃고, 무지한 자를 똥자루라고 폄하한다. 그런데 가끔 보면 한 시대가 이상한 패러다임에 빠져 있거나 어떤 종족이 집단으로 돌아버린 것이 아닌가 하는 생각을 할 때가 있다. 개인 한 사람이 아니고 한 사회가, 한 종족이, 한 시대가 이상스러운 사고에 몰입된 경우를 역사나 현실에서나 볼 때가 있다.

남미의 잉카나 마야 문명은 그런 생각을 더욱 깊게 만든다. 종

교적 편향성이나 사상적·이데올로기적 맹목이 더욱 이런 것을
부추기는 경우도 있다. 사이비 종교나, 홍위병이나, 탈레반이나
또 우리 사회의 이런저런 집단들은 자신들이 매우 어리석은 환
상 속에 있음을 모르고 맹목적 추종을 일삼는 경향이 있다. 우리
는 이런 것들을 진정 돌대가리나 똥자루로 비난할 일이다.

욕을 너무 많이 하는 사람도 싫지만, 욕을 제대로 못하는 사람
도 나는 싫다.

춘향전은 우리를 세뇌시켰다. 우리 지금이라도 정신 차리자.

이몽룡 같은 사윗감 어디 없수?

Episode 2
도둑보다 못한 것들

*

춘추시대의 전설적 도적 도척(盜拓)은 도둑에게도 오덕(五德)이 있다고 설파했다고 한다. 그가 노자(老子)를 만났을 때 노자로부터 준열한 가르침을 들었다. 그런데 도척은 도학자들의 군자연하는 꼴을 달가워하지 않았기에 다소 비아냥거리며 자신의 지론을 설파하였다.

"도(道)는 당신들에게만 있는 것이 아니요. 우리 도둑들도 오덕의 도를 지키려 자신을 다지고 있다오."

비록 도둑일지라도 지켜야 하는 전범(典範)이 있다는 것이다.

사실 인간은 어찌 보면 다 도둑이라고 할 수 있다. 물속에서 평온하게 살고 있는 죄 없는 물고기를 강제 납치하여 먹어버리질 않나, 산야에 절로 열려 탐스럽게 익은 과일이나, 고이 자라는 산채를 낚아채 입속으로 틀어넣지를 않나, 또 소로부터 젖을 도둑질하고, 닭이나 오리로부터 알을 훔치고, 양이나 낙타의 털까지 뽑아가고, 심지어 그 새끼들을 강제 납치하여 자기 목적대로 길들여 쓰거나 팔기도 하는 악질 중의 악질 도둑이 인간인 셈이다. 그러나 우리는 도둑의 개념을 '인간의 것을 인간이 몰래 가져다 제 것으로 삼는 행위'로 한정해 규정하고 있을 뿐인 것이다.

도둑에게도 할 말은 많다. 본래 재화라는 것은 흐르는 물과 같아서 오늘 나에게로 왔다가 내일 또 다른 이에게로 갈 수 있는 것이다. 그래서 약간의 물건을 내게로 옮겨온 것을 가지고 너무 심하게 매도하지 말라고 항변하는지도 모를 일이다.

*

도둑도 일종의 전문직이다. 그중에도 집단화된 도둑패들이 있는데, 이들은 더욱 전문성이 높고 조직력도 강하다. 그 범위를 마피아나 야쿠자 같은 범죄 집단으로 넓히지 않아도 동서를 막론하고 떼도둑들은 존재했다. 우리나라에도 장길산이나 임꺽정의 무리 등이 큰 세력으로 존재했고, 홍길동전에는 활빈당 같은 의적이 설치는 이야기도 있다. 영국 같은 나라에서도 로빈 후드가 이끄는 도적떼 이야기가 있지 않는가. 이렇게 패당을 짓고 활동하는 도둑떼들은 고도로 정예화된 전문 집단인 것이다. 그래서 그들도 조직을 장악하여 운영하는 데는 리더십은 물론이고, 나름의 룰이 있어야만 하는 것이다.

그중에서 제일 중요한 룰이 공평한 분배이다. 목숨을 걸고 도둑질한 물건을 고르게 나누는 일이야말로 그들의 세계에서는 가장 중요한 강령이다. 그것은 나의 욕심을 누르고 상대방을 배려

하는 마음이 있어야 가능하다. 그들은 도둑질한 물건을 고루 나누며 귀한 인(仁)을 실행하는 것이다.

도둑에게 인을 운운하는 것이 다소 견강부회이고 요상한 말장난이라고 웃어넘기기만 할 게 아니다. 연목구어라고 매도할 수만은 없다는 얘기다.

온갖 위험을 무릅쓰고 도둑질을 하는 이유는 오직 재물이다. 재물을 얻고자, 해서는 안 될 짓을 했는데 그 결과가 신통치 않다면 얼마나 분통이 터질 일인가? 자기의 노력과 기대에 미치지 못한 몫이 분배된다면 칼부림이 나지 않겠는가? 조직은 바로 내분에 빠져 망하는 것이다. 그들 사회의 법은 간결하다. 양극화 현상이나 부익부를 해소하기 위해 국가도 못하는 거룩한 일(?)을 스스로 벌이고 있는데, 여기에 또 그러한 현상이 재탕된다면 말이 되겠는가? 그들은 재화의 평준화된 재분배를 위해 위험을 무릅쓰고 일하는 사람들이니 그들끼리도 공평무사해야 한다. 이 어찌 인이 아니냐.

도둑에게도 인이 있다는 것이다.

도둑이라는 인생을 살다 보면 가끔씩은 붙잡히는 경우도 있을 것이다. 아무리 뛰어난 도둑이라고 할지라도 운이 없는 수가 있을 것이니 말이다. 대도라고 불리던 조아무개, 신아무개 모두 결국은 잡혔다. 괴도 루팡도 잡힐 수가 있다는 것이다. 도둑 중에는 단독 플레이를 선호하는 홑도둑도 있겠지만, 큰 프로젝트는 아무래도 팀워크가 좋은 파트너가 있어야 쉬울 것이다. 그러니까 손발 척척 맞는 놈이 있어야 제대로 한 건 할 것이 아닌가? 그런데 어쩌다 재수 없이 걸려들어 취조를 받고 감방엘 가는 수가 있는데, 이때 제대로 도를 닦은 도둑이라면 함께 일한 파트너를 찍어 넣지 않아야 한다. 버틸 대로 버티어 동료를 불지 않아야 큰 도둑인 것이다. 이것을 그들 사회에서는 의(義)라고 한다. 모 전직 대통령도 의를 지키지 못한 것들 때문에 마침내 목숨까지 버리게 되지 않았는가? 이만큼 중요한 도둑의 품성은 또 없으리라. 제대로 된 도둑이라면 의를 실행해야 한다.

그리고 아무리 도둑이라고 하더라도 가난한 자의 것은 훔치지 않고, 한 번 턴 집은 다시 넘보지 않는 법이다. 활빈당이나 로빈후드 같은 착한(?) 도둑은 훔친 물건으로 가난한 자도 도왔다고 하지 않는가? 또 도둑 중에는 어떤 집을 털려고 들어갔더니 너무나 가난하여 도리어 자기의 것을 내어주고 왔다는 미담(?)까지 있다고 하니 가상한 일이다. 도둑들의 이런 관대함(?)을 일러 예(禮)라고 한다.

하긴 요즘의 좀도둑들은 이런 대의를 망각하고 벼룩의 간까지 빼먹으려 하니 도둑들에게 교육을 좀 시켜야겠다. 기본도 모르는 것들은 좀 가르쳐야 할 것 아닌가?

'도둑에게 교육이라니? 아니, 도둑 학교라도 세우겠다는 발상이신가요?

어쨌든 도둑 사회에도 지킬 금도가 있다는 말이다.

훌륭한 도둑이 되려면 아무래도 지(智)를 갖추어야 한다. 비록 두목이나 수괴가 아니더라도 제대로 된 도둑이라면 전문성이 있어야 하는데, 그중에서도 지를 갖춘 자가 리더가 될 가능성이 많다. 그는 정보와 판단력과 예지력을 갖춘 자이다.

즉 어느 집에, 어느 곳에, 어떤 재화가 있는지를 간파해야 한다. 뛰어난 도둑은 돈 냄새를 맡을 수 있어야 하고, 아무리 깊숙한 곳에 숨겨놓아도 기막히게 찾아내야 한다. 그 다음 효율적이고 완성도 높은 작업을 위해 작전을 세울 줄 알아야 하는 것이다. 그래야만 고소득을 올릴 수 있다. 비효율적 헛손질을 하지 않는 것이다. 애써 숨어들었다가 헛방을 친다면 위험수당도 나오지 않게 된다. 이러한 도둑의 능력을 지라고 한다. 무릇 도둑되려고 하는 자라면 기초부터 잘 익혀야 할 덕목이다.

또 도둑은 두둑한 뱃심과 담력이 있어야 하는 것이니 이를 용(勇)이라고 한다. 도둑들이 집을 털기 위해 작전이 시작되면 들어갈 때는 제일 앞장을 서고 나올 때는 가장 뒤에 서는 자가 도둑 사회에서는 가장 베테랑이고, 지도자인 것이다. 비단 도둑이라고 하더라도 공포심은 있는 것이다. 자신과 동료의 신변 안전을 항상 제일의 가치로 생각하고 행동해야 한다. 이를 위해 스스로 앞장서고, 나올 때는 그 뒤처리까지 하는 도둑은 얼마나 존경스러운(?) 도둑인가? 이런 도둑이야말로 가히 용을 지닌 훌륭한 도둑이라고 할 만한 것이다.

옛날 도둑들은 집을 털고는 그 집 마당에 똥을 누고 갔다고 한

다. 일종의 부적이나 액땜인 셈이다. 그러나 한편 생각하면 남의
집을 털고 나오면 두려움도 있을 텐데 똥을 눌 경황이 있을까?
심리학적으로 공포감이 심할 경우 똥이나 오줌이 빠져 나온다고
는 하지만, 이 경우는 태연히 배변을 즐기는 것 같다. 따지고 보
면 극도의 민활함이 요구되는 숨 가쁜 순간에라도 똥을 눌 만치
의 배포를 가져야 된다는 자기 암시에서 나온 행위는 아닐까?
아무튼 두둑한 뱃심이 있어야 큰 도둑이 된다는 말일 게다.

　　도척이 설하였다고 하는 도둑의 오덕이 황당하기는 하나 전연
터무니없지는 않은 것 같다.

　　　*

　　도둑 중에 가장 큰 도둑은 나라를 훔치는 도둑이다. 큰 나라를
훔쳐 황제가 된 도둑도 있고, 작은 나라를 훔쳐 창업(創業)의 대
업을 이룬 왕들도 있다. 새 나라를 창업하여 존귀한 지위에 오른
자는 나라의 앞날을 위해 더없이 훌륭한 법과 치도를 만방에 알
리고, 자신은 신의 영역에 가까운 절대적 지위를 향유한다. 그러
나 그 속을 파헤치면 그는 도둑이다. 나라를 훔친 도둑인 것이
다. 예부터 큰 도둑은 나라를 훔친 자라고 하지 않는가?
　　나라를 훔친 도적은 굳이 역성혁명에서만 찾아지는 것은 아니
다. 총칼과 군함이나 비행기로 남의 나라를 침략하여 제 것으로
삼는 흉포한 나라들도 도둑들이요, 날강도요, 무장 강도다. 알렉
산더가 그랬고, 로마가 그랬다. 몽골이 그랬고, 청나라가 그랬

216

다. 구미 열강이 그렇게 하였고, 러시아가, 일본이 그렇게 하였다. 그들 중에는 아직도 훔친 나라를 제 것이라고 우기며 돌려줄 줄을 모른다. 이웃의 큰 나라 역시 많은 소수민족의 나라들을 우격다짐으로 끌어다가 자기 나라라고 우기며 전혀 돌려줄 뜻이 없는 것 같다.

그들이 돌려줄 생각이 전혀 없는 것은 이것보다 남는 장사가 없기 때문이다. 나라 하나를 통째로 훔치면 모든 것이 몽땅 남는다. 얼마나 수지맞는 장사인가?

그렇다고 함부로 '어디 나라 하나 훔칠 것 없나?' 라고 욕심내서는 안 된다. 큰일 날 발상이다. 이런 자를 바로 역적이라고 하거나 침략자라고 하기 때문이다. 실패하면 역적이 되어 멸문지화를 당하거나 나라가 망하게 된다.

도둑도 인의예지용(仁義禮智勇)의 오덕을 갖추어 실현하려고 하는데, 하물며 반듯한 사람이라고 스스로 자부하는 자라면 마땅히 이런 오덕을 쌓아감을 게을리하지 말아야 하는 것이 당연지사가 아니겠는가?

제발 도둑보다 못한 놈이 되지는 말아야 하지 않겠는가?

그런 인간을 '밥 팔아 똥 사서 처먹는 놈' 이라고 하는 것이다.

췌마(揣摩)와 후흑(厚黑)

*

태공망(太公望) 여상(呂尙)은 위수(渭水)에서 낚시로 세월을 보내고 있었다. 그의 나이 72세 되던 어느 날, 주(周)나라 문왕이 수레를 끌고 와 낚시하는 여상의 뒤에서 한나절을 기다렸다. 알은 체도 하지 않고 내내 낚시만 바라보고 있던 여상은 해가 뉘엿뉘엿 질 무렵에야 낚시 도구를 주섬주섬 챙겨 문왕의 수레에 올라 궁궐로 들어갔다. 여상이 기용된 것은 72세였다. 그는 그때까지 자신의 시대를 기다리고 있었다.

문왕으로부터 국정 쇄신을 위임받은 태공망은 과감한 개혁 정치로 주나라를 강력한 왕권국가로 만들었다. 그러고는 달기(妲己)의 미색에 빠져 국정을 문란하게 하였던 은(殷)의 주왕(紂王)을 물리치고, 문왕과 무왕이 주나라 봉건 왕조를 중원에서 확고하게 하는 바탕을 이루었다.

태공망 여상은 기다리고 있었던 것이다. 그의 때가 오기를. 그러다가 설령 때가 오지 않더라도 촌부로 그냥 늙어가겠다는 다짐이 있었다.

그는 젊은 시절 학문에 정진하였고, 특히 췌마(揣摩)의 비법을
터득하였다. 그러나 그의 때가 아님을 알았기에 위수에서 세월
을 낚고 있었다. 그가 쓴 낚시는 곧은 바늘이었다. 미늘이 없는
곧은 바늘에 고기가 낚일 리 없었다. 그러나 그는 태연히, 어쩌
면 세상을 조롱하듯 그렇게 담담히 기다리고 있었다.

*

전국시대에 연횡(連衡)과 합종(合從)으로 천하를 주무르던 소진
(蘇秦)과 장의(張儀)는 동문수학한 벗이었다. 둘은 서로 견제하고
협력하며, 시대의 화려한 스타로서의 면목을 유감없이 발휘하였
다. 소진은 나중에 6국의 재상을 겸임하는 최상의 부귀를 누리
며 그의 합종책을 확고히 해나갔다.

소진은 젊은 시절에 췌마의 비법을 공부하였다고 한다. 태공
망 여상으로부터 전해졌다는 비서를 바탕으로 그가 익힌 췌마의
비법은 쉽게 말해 일종의 독심술이다. 상대의 마음을 읽어내는
비술이다. 그는 이 나라 저 나라를 떠돌며 여러 왕들을 만나 끈
질긴 유세를 하였다. 자신의 이론과 정책을 채택하면 패자(覇者)
가 될 수 있다는 달콤함을 심어주려고 천하를 주유하였다. 그렇
게 하려면 제일 먼저 지녀야 할 재주가 상대의 의중을 정확하게
파악하는 일이라고 생각하고 그 비법으로 췌마의 술을 익힌 것
이다.

왕들과 대부들을 만나 설득하여 마침내 일거에 국정의 책임자
로 기용되려면 상대가 무엇을 원하고 있으며, 어디로 가고자 하

며, 자신과 자신의 이론에 대하여 어떤 생각을 가지는지 재빠르게 파악하여 임기응변해야만 승부가 나는 것이다. 이를 위해 익힌 비전의 췌마술이 태공망 시절부터 전해 왔다 한다.

*

일전에 근세 중국에 후흑학(厚黑學)이라는 학문이 있었다는 글을 읽고 한참이나 놀란 적이 있었다. 청나라 말기에 나타난 일종의 밀학(密學)이라고 보아야 할 이론인데, 참으로 황당하면서도 인간의 어느 한 면을 절실하게 찌른 논리라고도 볼 수 있겠다. 후흑의 후는 후면(厚面) 즉 '두터운 얼굴'이라는 뜻이고, 흑은 심흑(心黑) 즉 '검은 마음'이란 뜻이라고 한다.

'두터운 얼굴'이란 자신의 생각을 얼굴에 드러내지 않는 참으로 능청스러우며, 표리부동한 얼굴 표정을 말한다. 그리고 심흑이란 마음이 어두워 보이지 않는, 즉 무슨 마음을 가지고 있는지 그 속내를 전혀 알 수 없는 경지를 말한다.

그러니까 후흑학이란 인간들이 큰일을 도모하면서 함부로 자기의 속내를 드러내어 낭패를 당하는 어리석음을 비웃으며, 모름지기 말과 얼굴에 그 진의가 드러나지 않게 처신해야 할 것을 설파한 학문인 것이다. 쉬울 듯하지만 상당한 수련과 비기를 익혀야 경지에 이를 수 있는 하나의 도인 셈이다. 보통의 인간들이 알고 있는 '언행에 신중해야 한다.' 하는 정도와는 격이 다른 심오한 도(道)인 것이다.

보통의 삶에서도 언행을 신중히 하기만 해도 인생을 그런대로 탈 없이 행복하게 살 수 있다. 괜히 촐싹거리다가 꿩 놓치고 매 놓치는 어리석음을 우리 범인들은 항상 저지른다. 그러나 후흑학은 이런 정도의 수신을 위한 경구가 아니라, 경세(經世)의 치도(治道)를 닦는 사람들에게 필요한 용인(用人)과 경학(經學), 심학(心學)을 겸한 심오한 수준인 것이다. 그런데 참으로 놀라운 것은 중국 공산당의 우상인 모택동이 후흑학에 매우 심취하였고, 달통의 경지에 있었다는 사실이다.

후흑학을 익힌 그는 좀체 그의 심지를 쉽게 드러내는 법이 없었고, 천기를 누설하는 일도 없었다고 한다. 오히려 상대방이 오판을 하도록 유도해나갔다는 것이다. 임표나 유소기도 그의 후흑학의 제물이 되어 실각과 죽음의 길을 맞은 것이다.

*

나는 태공망 여상과 소진이 췌마의 비법을 익혔다는 글을 젊은 시절에 읽고 그 신비한 술법에 매료되어 동경해 마지않았다. 도대체 그 비급에 어떤 내용이 들어 있는지, 궁금증이 가시지 않았다. 그런 비술을 익힐 수 있다면 좋겠다는 바람이 있었다. 그러나 근자에 후흑학이라는 비술도 있다는 글을 읽고 아연해하면서 이 대조되는 두 비술에 대하여 참으로 묘한 아이러니를 느끼지 않을 수 없었다.

한쪽은 어떻게 해서라도 남의 심리와 의중을 캐내려고 온갖 지모를 동원하는 것이고, 또 한쪽은 어떻게 해서라도 자신의 의중과 심리를 노출하지 않고 상대가 헛다리를 짚도록 만들려는 비방인 것이다. 참으로 창과 방패가 아닐 수 없다.

이 두 가지 방책이 2000년을 뛰어넘어 중국에서 대인술로 존재해왔다는 사실이 너무나 묘하다. 한편 역시 중국인다운 학술이구나 하는 생각을 버릴 수가 없었다. 중국인을 상대로 하는 상담이나 외교에서 우리가 번번이 낭패를 보는 것도, 그들은 선천적으로 이러한 비술을 다소나마 체득하고 있지 않나 하는 생각이 들 지경이니 말이다.

그러면서 나는 한발 더 나가서 태공망이나 소진을 모택동과 한자리에 앉혀 놓는 묘한 상황을 상정해본다. 천하의 유세객 소진이 모택동과 마주하였을 때를 가상하면 끔찍하면서도 실소가 새어나오기도 한다. 두 상대가 마주하여 온갖 지모로 상대의 심중을 알아내려는 쪽과 결코 드러내지 않으려는 쪽의 게임이란 어떠한 양상일까?

췌마와 후흑이 불꽃 튀기는 대결을 벌이는 장면을 상상해 보라. 참으로 재미있는 상상이 아닐 수 없다. 소설 한 편은 족히 쓸 만한 모티프일 것이다. 보통의 인간들 사이에서도 이러한 유형의 게임은 거의 매일 일어난다. 그러나 소진과 모택동 같은 이들은 특별한 비술을 가지고 일세를 풍미한 희대의 영웅들일진대 우리의 평범한 머리싸움과는 그 격과 수준의 차이가 엄청나지 않겠는가. 이것이 재미있다는 말이다. 그 대결의 과정이 너무나 치열하여 무협소설을 읽는 것 같기도 하겠고, 또 컴퓨터게임을 하는 것 같기도 하겠고, 살벌한 괴기가 느껴지기도 하겠고, 코미디 같기도 하겠고…… 도대체 인간이 왜 이래야 하는가 하고 자탄하게도 되겠고, 경외의 마음에 사로잡히기도 하겠고…….

어쨌든 이 게임의 승자는 또 누구일까를 생각하면 또다시 송연해진다.

누가 이길까? 창일까? 방패일까? 공성인가 수성인가? 참으로 현란한 영웅들의 두뇌싸움을 상상하며 나는 내 나름의 결론을 내려 본다.

이 게임은 모택동의 일방적 승리일 것이다. '짬'이 안 될 것이다. 왜냐고? 글쎄, 내게 묻지 마시오. 나도 벌써 그 후흑학에 농락되고 있으니 말이오.

조상 얼굴에 똥칠하기

*

우리 민족이 세계에 자랑하는 발명품으로 흔히들 금속활자와 측우기 그리고 거북선 등을 든다. 한글 역시 우리 민족의 창의성을 자랑할 만한 위대한 발명품이다. 이런 사실은 누구나 알고 있는 것이지만, 그러한 것들에 대한 진정한 가치 인식은 다소 모자라는 것 같다.

금속활자는 서양인들에 비하여 우리가 약 200년이나 앞서 발명한 우리 민족의 과학적·기술적 역량을 과시하는 업적이라는 것쯤은 초등학생 정도만 되어도 재잘거릴 수 있는 사실이다. 그러나 여기에 우리가 크게 간과하고 있는 사실이 있다.

우리는 금속활자를 언급할 때 늘 그것을 만들어낼 수 있었던 과학 기술력에 가치를 두는 경우가 대부분이다. 나는 이것에 대하여 다소 불만이다. 물론 금속활자를 만들려면 과학 기술력이 뛰어나야만 한다. 다른 민족보다 앞선 과학 기술 역량만으로도 우리는 우수한 문화 민족이라고 일컬을 만하다.

보르네오섬이나 아프리카 오지의 원주민 중에는 아직도 베를

짜지 못하는 종족이 있다고 하는데, 천 년 가까운 예전에 세계 최초의 금속활자를 만들어내었다니 그것만으로도 충분히 놀랄 만한 일이고 자랑스러운 것은 틀림없다.

그러나 우리가 금속활자에 대하여 언급할 때 우리는 정작 중요한 사실은 잊고 있는 것 같다. 지금까지 지엽적인 것에만 초점을 맞춘 경향이 있다. 이것은 본말이 전도된 것이다.

금속활자에 대하여 언급할 때 '왜 우리에게 금속활자가 필요했는가? 금속활자를 만들어야 했던 동인은 무엇이었던가?' 라는 문제는 논외가 되고 있다. 아무도 이런 논의를 벌이지도 않고, 아이들에게 가르치지도 않는다. 그저 우리 조상들은 기술이 좋았다, 한국인이 참 머리가 좋고 손재주가 많다, 이런 정도의 자랑이라면 금속활자를 모독하는 행위이다. 우리 겨레가 진정 자랑해야 하는 위대성은 정작 언급하지 않고, 그저 단순히 과학 기술이 앞섰다고 떠드는 것은 소의 뿔만 가지고 소를 자랑하는 것이나 다름없다.

＊

나는 금속활자를 언급할 때마다 '왜 우리가 금속활자를 만들었는가?' 라는 논의가 먼저 있어야 한다고 늘 주장해왔다. 언제 어디서나 발명품이나 신제품은 반드시 필요에 의하여 만들어지는 것이다. 아무 쓸모도 없고 요구도 없는 물건을 만드는 일은 없다. 조각품이라면 모를까, 어디에 용처가 있을까도 모르고 금속활자를 만들지는 않았을 것이다.

금속활자를 만들지 않고는 안 될 시대적 요구가 금속활자를 만들어낸 것이다. 그것이 발명되지 않으면 안 될 탄생의 당위성이 있기에 그러한 발명이 가능했던 것이다.

금속활자를 만들어야 할 당위성은 두말할 필요도 없이 '책(冊)'이다. 아주 간단명료한 귀결이다. 책을 만들어야 하니까 활자가 필요한 것이다. 전쟁하기 위해 금속활자를 만든 것은 아니다. 우리나라는 목판이든 활자판이든 책을 엄청 생산했던 나라였기에 활자 문화가 발달하지 않을 수 없었다. 일기 등의 개인적 기록을 위하여 활자까지 쓸 필요는 없다. 적어도 여러 권의 책을 꼭 같이 찍어내야 했기에 활자가 필요한 것이었다. 즉, 출판의 요구와 필요성이 너무나 절실했기에 금속활자가 탄생한 것이다. 목판보다 훨씬 효율적인 인쇄 출판의 기술이 절실했기에 그에 부응하는 발명품이 나온 것이다.

이는 당시 우리나라가 세계 최고의 서적 출판국가라는 것을 의미한다. 이 점이 우리가 진정 자랑해야 하는 민족 문화이다. 고려 그 당시에 우리나라는 책을 가장 많이 찍어낸 나라였다.

그러면 책을 왜 그렇게 많이 출판해야 했나? 말할 나위 없이 저술과 독서가 매우 활발했으니까 책이 필요한 것이다. 우리 민족은 수많은 책을 저술하고, 또 그 책의 수요가 막대하여 활자를 만들어 책을 찍어내지 않으면 안 되었던 것이다. 이는 우리가 당대 최고의 문화 민족이었다는 너무나 자랑스러운 징표인 것이다. 책을 가장 많이 쓰고, 또 가장 많이 읽었던 민족. 이것이야말로 세계 최고의 문화 민족의 징표가 아니겠는가? 더 이상의 무슨 증거가 필요한가?

금속활자는 훌륭한 과학 기술력을 바탕으로 생산되었음은 물론이다. 하지만 그보다 먼저 최고의 도서 문화를 향수하던 우리 조상들의 고귀한 성정이 바탕에 있었던 것이다. 이것보다 더 자랑할 만한 문화가 무엇인가? 이것이야말로 문화 올림픽의 금메달감이 아니겠는가? 우리는 진정 자랑할 것은 두고 엉뚱한(?) 것을 자랑하고 있었다. 조상 보기가 부끄럽다. 나를 바로 아는 것이 세상의 근본이다. 근본에서 출발하면 잘못이 없다.

*

한글 역시 같은 맥락에서 이해해야 한다. 세종대왕이 훈민정음을 만들기까지 얼마나 간난(艱難)과 신고를 겪어야 했었는지는 우리는 잘 알고 있다. 그리고 왜 정음을 만드셨는지도 잘 밝혀 말씀하셨다. 새 글을 만들어야 하는 더 넓은 배경까지도 다 밝혀 놓았다. 그리고 그 글이 얼마나 위대한 음운학의 집대성인 줄도 이제 세계인들이 많이 알고 있다.

그런데 유감스럽게 '만든 자'의 위대성을 높이는 데 너무 경도되어 수요자의 절박한 요구는 무시되고 있었다. 더 쉽고, 더 빨리, 더 많이 읽고 싶어 하는 한 많은 백성들의 요구는 무시되어 왔다. 그것이 정음 탄생의 가장 중요한 바탕인데도.

훈민정음 서문 어지(御旨)에서 세종대왕은 이 점을 분명히 밝히고 있다.

"어리석은 백성들이 읽고자 함이 있어도 그 뜻을 능히 펴지 못하는 자가 많은지라."

'읽고 싶은 바가 많은데' 한자(漢字)가 어렵고 우리말 체계와 달라 제대로 읽지 못한다. 문자를 향유하고 싶고, 문화를 누리고 싶은 자가 많다. 그런데 그게 제대로 안 되니 답답해 죽겠다. 그러니까 새 문자가 절대적으로 필요한 것이다.

우리는 지금까지 이 구절을 해석함에 한결같이 세종대왕의 애민사상에 포인트를 맞추어왔다. '만든 자의 위대성'에 초점을 맞추어 그 시혜에 감복해왔다. 물론 틀림없는 사실이다. 하지만 한글은 세종대왕의 일방적 은혜라기보다는 '절실한 요구'를 가진 백성에 대한 통치자의 책무에서 나온 것으로 보아야 한다. 우리 백성들이 읽어도 되고 안 읽어도 되는 백성들이었다면, 그런 무지몽매한 조상들이었다면 한글은 탄생되지 않았을 것이다. 이것이야말로 민중의 힘인 것이다.

민중의 거대한 요구 앞에 비록 왕이라 한들 국력을 기울여 응답하지 않을 수 없는 것이다. 그래서 세종대왕은 더욱 위대해지는 것이다. 백성의 바람을 아는 임금. 그를 위해 혼신의 정력과 국력을 털어 부은 임금. 이래야 대왕은 더욱 빛나는 것이다.

세종대왕은 위대한 왕이다. 신숙주, 성삼문 등은 위대한 음운학자들이다. 그리고 그 시대 우리 백성은 문화를 향유하려던 의욕이 세계에서 가장 강렬했던 위대한 조상들이었다. 그리하여 한글은 더욱 위대한 글이 되는 것이다. 이렇게 되어야 역사가 제대로 해석되는 것이다.

우리 문화를 자랑하기에 앞서 그 참다운 가치를 좀 더 깊이 생각해보고, 바로 아는 노력이 필요하다. 단원이나 정선, 르누아르나 고흐의 아름다운 그림을 보고 "이 그림에 쓰인 물감은 참 훌륭한 제품이군. 당시의 기술이 참 탁월했단 말이야."라고 말해서는 그림을 모독하는 일이 아니겠는가?

문화 바로 알기는 막연한 자랑이나 흥분으로 도색하는 것이 아니다. 냉정한 분석으로 참 가치의 발견이 있어야 제대로 된 것이다. 바르게 알아야 바르게 알리고, 바르게 가르칠 수 있다.

역사를 바로 알지 못하면 조상의 얼굴에 똥칠하는 것임을 잊지 말아야 할 것이다.

Episode 5
용서의 메커니즘

용서받지 못할 죄

단테는 『신곡』에서 '오만은 죄의 어머니, 곧 용서받지 못할 죄' 라고 단정하였다.

오만함이야말로 모든 죄의 근원이고, 인간을 추락시키는 절대적 요인이며, 그것은 인류적 재난인 것이다. 그래서 '용서받지 못할 죄' 라는 정죄를 받게 된 것이다.

사실 인간에게는 용서받지 못할 죄가 많다. 천륜을 어긴 죄, 인간이길 거부하는 반인륜적 죄 등은 참으로 용서하기 어렵다.

나는 평소에 가장 용서할 수 없는 죄는 '자신을 속이는 죄' 라고 생각해왔다. 사실 나는 나 자신을 속이는 특별한 재주를 가진 것 같아서, 자신 있게 그리고 매우 잘 아는 듯이 그렇게 말했다.

용서를 받을 자도 자신이고, 용서를 할 자도 자신인 것이 '자신을 속이는 죄' 의 구조인 것이다. 슬그머니 넘어가기에 아주 적합한 구조를 지녔다. 또 이러한 죄는 남의 이목을 직접 끌거나 타격을 주는 행위가 아니다. 따라서 잘 드러나지 않는다. 그렇지만 실은 '보이지 않는 죄'가 더욱 악랄하고 근원적인 죄업을 쌓아가는 것임을 나는 알고 있다.

그러나 단테는 '오만한 죄'는 '자신을 속이는 죄'보다 더 무서운 죄가 된다고 말한 것이다. 인간은 오만으로 인해 스스로의 무덤을 파고, 많은 사람에게 음으로 양으로 해악을 끼치는 것이다. 단테는 이에 대해 정곡을 찔러 경계하였다.

사실 인류 역사에는 오만으로 인해 인류에게 끔찍한 해악을 끼친 '잘난 놈'들이 수없이 등장하였다. 그러다 보니 중국에서는 '잘난 놈'보다는 '모자란 놈'이 더 낫다는 지도자관이 생길 정도였다. 그 예로 항우와 유방이 자주 등장한다. 이런 문제는 국가적인 경우는 물론 사람 사는 곳곳에서 수없이 일어났고, 현재도 일어나고 있다.

용서는 사랑의 시작

퇴계(退溪) 사상의 근원에는 '서(恕)'가 자리 잡고 있다. '서'는 용서하는 것부터 시작한다. 용서란 포용이고, 나(自我)와 남(世界)의 관계 맺음을 위한 통로의 출발점인 것이다. '나'는 항상 세상을 향하고 있다. 세상은 나의 밖에 있다가 나의 안으로 들어오고, 또 나가기도 하는 것이다. 그래서 나와 세상의 교감의 창이 '서'인 것이다. 물론 퇴계의 '서' 역시 공자로부터 시작된다.

자공(子貢)이 일생의 지침을 물었을 때, 공자는 서슴없이 '서(恕)'라는 한자를 일러 주었다.

남의 잘못을 '죄 사함' 해주는 것만이 용서가 아니다. 용서란 받아들임이다. 남의 행위를 내가 받아들이는 것이 용서이다. 그러므로 세상을 인식하고 그것을 수용하는 것 자체가 크게 보면 용서인 것이고, 퇴계 사상의 핵심인 '서' 인 것이다.

나사렛의 위대한 영혼 예수께서는 '일곱 번을 일흔 번까지' 라도 용서하고, 오른뺨을 때리거든 왼뺨까지도 내어주라고 말씀하셨다. 예수는 그 격렬한 삶을 마감하기까지 사랑을 실천하려 했고, 사랑만이 인간 세상을 구원할 수 있다고 가르쳤다. 원수까지도 사랑하라고 한 그 가르침은 인류의 삶의 방향을 제시한 큰 길잡이였다. 이 사랑의 바탕에도 역시 용서하는 마음이 먼저 깔려야 가능하다고 한다.

1980년의 그 무참한 변란을 일으킨 자들에게 우리 국민은 아직 진정 어린 용서를 하지 않았다. 나도 아직 용서하지 않고 있다. 나의 경우에 그 이유는 매우 간명하다. 그들이 용서를 구하지 않았으므로 용서할 수 없는 것이다. 그들은 죄업을 인정하고 참회하며 우리 아니면 나에게 용서를 빌어야 한다. 그럴 때 나는 그를 용서할 수가 있는 것이다. 앞의 이야기와는 전혀 다른 나의 옹졸함과 단절적 사고가 유감없이 드러나고 만다. 하지만 아직은 그렇다. 죄지은 놈이 희희낙락하며 우리를 조롱하고 있을 때 우리가 서둘러 '너를 용서하마.' 하고 대범하기가 쉽지 않다.

법에도 '개전(改悛)의 정(情)' 을 참작하여 판단하는데, 인간관계

역시 마찬가지다. ‘잘못했습니다. 부디 용서해주십시오.’ 하는 사람 앞에서 싹 고개를 돌리며 외면하거나 정죄하기가 쉽지 않다. 입은 쇠도 녹인다고 하는데, 참회의 절절함을 묵살하기란 쉽지 않은 것이다.

그런데 그들은 진정한 참회도, 용서를 구함도 없다.

잘못을 저지른 개구쟁이 아이들에게 흔히 어머니가 “아빠한테 잘못했습니다.” 하라고 가르친다. 그러면 아이는 주눅이 든 채 고개를 조아리며 자신의 잘못을 빈다. 그때 어른들은 기다리고 있는 것이다. 충분히 용서해줄 마음을 가득 안고서. 세상이 이와 같이 용서받을 마음과 용서해줄 마음으로 가득 차야 하는데, 전혀 용서받고 싶지도 않고 절대로 용서하려고도 하지 않는다.

북쪽의 지도자들도 마찬가지다. 그들은 도대체가 잘못한 것이 없는 인간들인 모양이다. 하는 짓거리가 부끄러움도 없이 생떼를 쓰는 것은 고사하고, 무슨 맡겨놓은 것을 찾아가기라도 하는 것처럼 설친다. 아니 그보다 한술 더 떠서 ‘이 정도로 참아주니 고마운 줄 알아.’ 하는 식이니 이건 도대체 조폭 수준도 못 되는 사람들이 아닌가 싶다.

대한민국 국민들은 엔간하면 참고 봐주겠다는 마음을 갖고 있다. 워낙 망나니 같은 짓들이지만 그것들도 피붙이들이니 어지간하면 봐줄 생각인 것이다. 민족사 앞에서 서로 잘못이 있으면 용서를 받고 용서를 하고 같이 화합해야 한다.

용서받은 자만이 용서할 수 있다

흔히들 용서한 자가 용서받을 수 있다고 말한다. 나도 그렇게 믿고 있었다. 남을 용서해주는 자비심을 가진 자, 원수까지도 사랑하며 용서해준 사람. 그래야 스스로도 용서받을 수가 있는 것이다.

우리는 늘 죄를 짓고 산다. 죄업에서 헤어나지 못한다. '하늘을 우러러, 땅을 굽어보아 부끄러움이 없는 사람'이란 존재할 수가 없다. 그가 사람인 이상. 하여 우리 자신의 죄업들을 거의 매일, 매 순간 용서받아야 한다. 큰 죄든 작은 죄든 상관없이 용서를 받아야 하는 것이다. 그러려면 먼저 용서를 할 수 있어야 가능하다고 말한다.

그러나 나는 요 근래 한 목회자로부터 이와 전혀 상이한 이야기를 듣고 머리를 맞은 듯한 충격을 받았다. 부산 S교회 J목사의 설교는 우리의 타성적 고정관념을 깨는 섬광이었다. 그는 우리에게 "용서받은 자만이 용서할 수 있다."라고 설파했고, 그의 그 말을 듣는 순간 나는 바로 정신이 아득해짐을 느꼈다.

'이 말이 도대체 어디에 숨어 있다가 이제야 이렇게 나에게로 다가오는가?'

반전이었다.

"용서한 자만이 용서받을 수 있다."라는 말에 매여 있던 나의 굳은 사고가 단번에 "용서받은 자만이 용서할 수 있다."로 반전되고 있었다.

흔히 하는 욕설에 '똥물에 튀할 놈' 이라는 표현이 있다. '튀하다' 라는 동사는 도살한 동물의 몸체를 아주 뜨거운 물에 담그거나 물을 끼얹어 털을 뽑아내는 일을 두고 하는 말이다. 돼지나 닭, 오리 등 가축을 식용하기 위해 털을 뽑을 때 쓰는 방법이다. 그런데 인간 중에 너무 밉거나 악랄한 놈이 있어 죽여 튀할 정도라면 증오의 강도가 얼마나 세다는 말일까? 그런데 그 튀할 물로 똥물을 쓰겠다니. 똥물을 끓여 털 뽑는 물로 사용하겠다니, 미움이 극에 달한 상태에서 상대방에게 쏟는 말일 것이다. 이건 모욕을 넘어 저주에 찬 악담이다.

가장 심한 증오의 표현은 당사자의 불행이나 죽음을 넘어 자자손손에게 미치기를 바라는 말이다. 아무리 악감정이 솟구치더라도 '똥물에 튀할 놈' 이나 자손에게까지 저주를 퍼붓는 언사는 사용하지 말자. 심한 저주는 부메랑이 되어 돌아온다. 그것도 또한 응보다. 결코 용서가 안 되는 무리가 있더라도 마지막 말은 해서는 안 된다.

'함혈분인(含血噴人) 선오기구(先汚己口)' 라는 말이 있다.

'피를 머금어 남에게 품으면, 먼저 네 입이 더러워지느니라.' 라는 뜻이다.

증오가 없는 세상은 존재할 수가 없을 것이다. 세상에는 고운 놈도 있고, 미운 놈도 있게 마련이다. 되도록 고운 놈이 많고, 미운 놈이 적도록 살 일이다. 하지만 지상에서 증오가 완전히 사라지는 세계가 도래하기를 기대할 수는 없다. 다만 증오가 끓어올라 도저히 용서가 안 되는 사람이 있더라도 상대에게 보내는 그 표현만은 좀 부드럽게 하자. 부드럽게 나간 말은 부드럽게 돌아 온다. 가는 말이 곧 오는 말이다.

버림의 미학

*

　마쓰다 미쓰히로라는 젊은이는 취업하려고 여기저기 원서를 냈지만 선뜻 받아주는 곳이 없어 별로 하는 일 없이 빈둥거리고 지냈다.

　하루는 친구가 그의 집을 방문했다. 친구는 그의 방 꼬락서니를 보고 혀를 차며 "좀 치우고 살아." 하곤 친구의 방을 치워주기 시작했다. "이러고 살면 복이 달아나." 친구는 정성스레 남의 방을 치워주고 갔다. 친구가 가고 난 후에 미쓰히로는 자기 방을 찬찬히 둘러보니 참 반듯하고 정갈한 것이 기분이 좋아졌다. 그는 모처럼 세수도 하고 수염도 깎고 책상 앞에 앉아서 자신의 삶을 한 번 둘러보고는 그제야 자신이 정리되지 않은 사고 속에서 무기력하게 살아왔다는 것을 깨달았다. 미쓰히로는 '이건 아니다.' 하고 떨쳐 일어나 전과는 다르게 적극적이고 활발하게 일자리를 찾아 나섰고, 마침내 취직에 성공했다.

　그 후 그는 사무실이건 집이건 잘 정리하는 것을 습관화하며 일의 능률을 극대화했고, 승진도 하였다. 그리고 자신의 생각을 정리하여 『청소력』이라는 책을 써 100만 부가 팔렸다.

요즘 일본에서는 정리전문가(整理專門家)라는 직업이 뜨고 있다고 한다. 사무실이나 가정을 찾아가 정리를 해주는 직업인데, 그 전문성에 모두 경탄하며 수요가 급증하고 있다고 한다.

미쓰히로는 그 책에서 "잘 버리는 사람이 성공한다."라고 역설하며 우리가 일상에서 용도 폐기해야 할 것들을 버리는 데서부터 새로운 출발과 도약이 있다고 말했다. 정리되지 않은 환경에서 살면 우리의 사고도 정리되지 않는다. 정리의 첫 단추는 바로 버리는 것이다.

나도 진작 이 묘리를 알고 실천해왔는데 확실히 효과가 좋다. 집에서 방 하나씩 뒤지며 필요 없는 것을 버리는 용단을 내려 보라. 특히 옷이나 신발 중에 '작년과 올해 한 번도 사용한 적이 없는 것' 들은 무조건 버리라. '언젠가는 입고 신게 될지도 몰라.' 하는 생각은 당신을 낡은 것들 속에 묶어놓는 것이다.

사진을 모두 끄집어내어 꼭 간직해야 할 것이 아니라면 버리라. 헌 옷걸이도 버리고, 헌 양말도 버리고, 읽은 지 오래된 헌 책도 버리라. 옹달샘 물은 퍼내면 다시 차오르지만 퍼내지 않으면 그대로 있다. 낡은 것을 버려야 새 것이 들어오는 법이다.

*

유사한 이야기인데, 유한양행(柳韓洋行)의 창업자 유일한(柳一韓) 박사가 미국에서 유학할 때의 일이다. 그는 아르바이트로 창고의 물건 출납 일을 얼마간 했는데, 일을 하면서 창고의 물건

수납과 정리 및 그 반출 방식에 문제가 있는 것을 발견했다. 찾는 데 시간이 걸리고, 물건이 들고 나는 데 도대체 효율적이지 않았다. 그는 창고 책임자에게 보관과 출납의 효율성을 극대화하는 방안을 건의하여 채택되면서 그 능력을 인정받았다.

그가 창고 관리의 효율성을 위해 창안한 여러 방안들이 여러 사람의 관심의 대상이 되어 체계적으로 정리되기 시작했고, 곧이어 미국에서 '창고학'이라는 학문이 시작되는 계기를 만들었다고 한다.

자기 주변을 잘 정리하는 것은 시각적이고 물질적인 정리이다. 그러나 이렇게 정돈된 환경은 정돈된 사고를 낳고, 빠르게 일을 처리하는 통로를 만들어준다. 회로가 복잡하고 연결 콘텐츠가 여러 단계일 때는 일의 처리 속도가 늦다. 또 그 처리 통로를 찾는 것조차 힘들어진다. 정보의 집적과 그 처리가 단순할수록 일의 효율성이 높아진다는 것은 삼척동자도 아는 사실이다.

일상의 변화를 원하는가? 그렇다면 먼저 정리를 잘하고, 필요 없는 것들을 과감히 버리는 데서부터 시작하라. 당신은 성공할 것이다.

*

유명한 미켈란젤로가 다비드상 제작을 의뢰받았다. 그는 평소 구상해왔던 작품을 구현할 기회가 찾아온 것에 약간 흥분하였다. 그러나 일을 차분히 진행하려고 다짐하며 제작을 의뢰한 피렌체의 대공에게 거대한 돌을 가져다줄 것을 요구했다. 무지하게 큰 바위가 운반되어 왔다. 피렌체의 대공은 이렇게 큰 돌을 도대체 어떻게 다루어 조각을 할 것인가가 궁금해 미켈란젤로에게 물었다. 그러자 그는 딱 한 마디로 대답했다.

"버릴 겁니다."

"뭐? 버리다니! 어떻게 운반해 온 돌인데, 버리다니."

대공은 소스라쳤지만 미켈란젤로는 태연하게 말했다.

"나는 저 돌에서 필요 없는 부분을 버릴 겁니다. 그러면 다비드만 남게 되겠지요."

천재 레오나르도 다빈치를 질투의 화신이 되게 하여 망가지게 만든 위대한 화가이자 조각가, 미켈란젤로! 그는 버릴 것이 무엇인지 알았다. 그는 진정한 천재였다.

*

일본 사무라이들의 이야기이다. 제법 검술깨나 한다고 으스대던 한 시골 사무라이가 큰 실수를 저질렀다. 술자리에서 상당히 취기가 올라 거들먹거리다가 우연히 옆자리에 앉아 있던 다른 사무라이에게 시비를 걸다가 그 사내와 한판 붙기로 약속을 한 것이다.

"당신이 진짜 사무라이라면 나와 한번 겨루자고."

상대는 말없이 이 사내를 빤히 쳐다보았다.

"용기가 없는 게로군."

사내는 상대를 놀리기까지 하였다.

"삼 일 후면 저 큰 거리에서 마쯔리가 시작된다고. 그날 정오에 결판을 내자고. 구경꾼이 있어야 재미가 있지.”

사내는 이죽거리며 상대를 조롱했다.

“좋아. 원한다면.”

뜻밖에도 상대 사무라이는 가볍게 도전을 받아주었다. 참으로 쉽게 성사가 되었다. 주변에서 웅성거리기 시작했다. 이 사무라이는 큰 소리로 자기와 저 사내가 삼 일 후 정오, 마쯔리가 시작될 무렵에 검술을 겨루기로 했다고 떠벌렸다. 모두 수군거리기 시작했다.

뭔가 이상한 낌새를 눈치 챘을 때는 이미 늦어 있었다. 술집 안에 있던 사람들이 하나 둘 떠나고 마을 사람들 정도만 남았다. 그때 한 노인이 다가와 그에게 일러주었다.

“당신이 결투를 청한 그 사람은 무라카미 쓰게오야.”

사내는 거의 졸도할 뻔했다.

“아니, 별신검이라고 불리는 무라카미 쓰게오라고?”

사내는 할 말을 잃었다. 그 유명한 검객 무라카미 쓰게오가 왜 이 초라한 주점에 들렀으며, 자신은 또 어쩌다가 그에게 결투를 신청했단 말인가?

자기가 모시는 주군을 살해하러 들이닥친 6명의 자객을 단칼에 모조리 베어버렸다는 마쓰시다 하라의 별신검! 그 무라카미 쓰게오! 모골이 송연해졌다. 술이 확 깨고 거의 정신을 잃을 지경이 되었다. 하루를 끙끙거리며 드러누웠던 이 사무라이는 이틀째 겨우 일어나 가데쇼야마로 향했다. 그 산에 그를 길러준 은사가 있었다. 그에게 가서 위로받고 싶었다. 이미 죽은 목숨이니

고별인사도 드리고 또 안기고 싶었다.

"나와."

은사는 한 마디만 하였다. 사내는 말없이 따랐다. 절 뒤편 그늘진 마당에 사내를 세운 은사는 아무 말 없이 대나무 가지 하나를 쥐어주었다. 그러고는 사내의 발을 당기고 누르고 팔을 잡아 뻗치며 한 자세를 잡아주었다.

"이 길밖에 없어."

은사는 단 한 자세를 가르쳐주었다. 그러고는 방으로 들어갔다. 사내는 그 검술 자세에 무엇이 숨겨져 있는 줄도 몰랐다. 다만 '이 길밖에 없다.'는 말만 귀에 왕왕거렸다. 하늘같이 믿는 은사니 따를 수밖에 없었다.

'시키는 대로 하리라. 이왕 죽은 목숨이니.'

마침내 그날이 왔다. 마쯔리라 떠들썩해야 하지만 마을 사람들은 오늘 초상 치르게 생겼다고 시무룩해 있었다. 그래도 마쯔리는 진행되었다. 뭔가 불길하고 흥이 크게 나지는 않았지만 역시 아이들은 들떠 있었다. 이윽고 정오가 되었다. 사내는 그래도 의기를 살려 당당해지려고 애쓰며 광장으로 나갔다. 역시 상대는 먼저 와서 나무 그늘에 앉아 있었다.

'천하제일의 명검 무라카미 쓰게오의 칼에 맞아 죽는 것은 영광이다. 그와 맞겨루기를 할 수 있는 것만도 영광이다.'

정오의 태양이 광장의 버드나무 그림자를 졸아들게 하였다. 이윽고 둘은 가운데 섰다. 사내는 오로지 은사의 가르침만 생각하고 있었습니다. 검을 든 사내들의 손이 올라가고 자세가 잡혔다.

“시작이다!”

둘러선 구경꾼들은 숨도 제대로 쉬지 못할 지경이었다. 천하의 명검 무라카미 쓰게오의 진검 결투를 볼 수 있다니. 모두 마음속으로 크게 흥분되고 긴장되었다.

둘은 칼끝에 집중한 채 자세를 잡았다. 한동안 아무 움직임이 없었다. 마치 죽음 앞에서 명상에라도 잠긴 듯 보였다. 숨 막힐 듯한 긴장 속에 제법 시간이 흘렀다. 구경꾼들은 뭔가 이상하다고 느꼈다.

‘무라카미 쓰게오라면 순식간에 결판이 났어야 하는데.’

뭔가 이상했다. 너무 오래 부동의 자세로 서 있다. 아니 무라카미 쓰게오의 이마에 굵은 핏줄이 솟아오르고 있지 않은가. 그의 이마에서 땀이 배어 나오고 있었다. 그러나 이 시골 사무라이는 자는 듯 실눈을 약간 아래로 뜬 채 미동도 하지 않았다. 관중들은 침을 꿀꺽 삼켰다.

‘뭔가 이상해.’

그들의 예측은 맞았다. 긴장된 긴 순간을 깬 것은 무라카미 쓰게오였다. 갑자기 쓰게오가 뒤로 물러나며 검을 내렸다. 그러고는 구경꾼의 귀를 의심케 하는 한 마디가 그의 입에서 나왔다.

“내가 졌다. 당신이 이겼어. 나의 목숨을 원하는가?”

놀란 것은 이 시골 사내였다. 그는 영문을 몰랐다. 너무나 당황스런 일이라 어찌할 바를 몰랐다. 사내는 검을 내리고 쓰게오의 발아래 꿇었다.

"살려주시는 것입니까?"

쓰게오도 무릎을 꿇고 사내의 등을 어루만졌다.

"아니다. 당신의 검법은 너무 훌륭했다."

모든 군중이 그제야 크게 환호하며 둘을 에워쌌다. 그들은 피
비린내 나는 끔찍한 칼부림이 아니라 아름다운 포옹을 보고 가
슴이 따뜻해짐을 느꼈다.

"자! 모두 마쯔리다."

그날 저녁에야 수수께끼는 풀렸다. 쓰게오가 검을 던진 것은
다소 비겁하기도 하지만 옳았다고 모두 입을 모았다.

"그 사내는 처음부터 자신의 목숨을 버리기로 작정하고 있었
어. 그는 자신의 목숨은 이왕 버리고 나의 배를 뚫겠다는 자세
였어."

은사가 가르친 것은 자신의 목숨을 버리고 상대와 같이 죽으
라는 것이었다. 승부를 다투기에는 너무 큰 실력의 차이 앞에서
자신을 버리는 수밖에 달리 도리가 없다는 판단이었던 것이다.

쓰게오는 고민했다. 시골의 이 무명 검객을 베기 위해 자신이
죽어야 할 필요가 있는가. 이 사내는 죽기로 결심하고 몸을 내
검 앞에 내놓았다. 그런데 그를 베려면 나도 베여야 한다. 시골
무명 검객과 장난스러운 결투로 죽을 수는 없다. 그래서 검을 내
렸다. 그러고는 시원하게 자신의 패배를 인정하고 상대의 처분
을 물은 것이다.

이 사내는 자신이 어떤 검법을 사용하였는지도 모르고 천하의

명검객과 진검 승부에서 이겼다. 그것은 자신을 버리는 검법이었기에 가능했다.

자신을 버린다. 목숨을 버린다. 이런 마음으로 임하면 이길 수 있는 것이다. 진정 버리는 것은 큰 힘을 갖는다.

이순신 장군도 이 철리를 알고 목숨을 버릴 각오로 싸워 승리했다.

지켜야 할 것과 버려야 할 것만이라도 구분할 줄 안다면 이미 성공한 사람이다. 우리는 지켜야 할 것들을 버리거나 놓치는 경우가 많다. 정신이든 물질이든 지키고 보존해야 하는 것은 목숨을 걸고서라도 지켜야 한다. 나라 역시 마찬가지다. 또 버려야 할 것은 과단성 있게 버려야 한다. 버리지 못하면 내 방과 내 몸과 내 정신이 고물상이나 쓰레기장이 되어버린다.

다시 한 번 되새기거니와 똥을 누어 몸 밖으로 버림으로써 내 몸이 살듯이, 버릴 것은 버려야 한다. 그래야 산다.

개똥지빠귀를 위한 변론

'좋은 것, 편한 것, 깨끗한 것, 안락한 것, 재미있는 것, 빠른 것, 맛있는 것, 아름다운 것' 이런 것들이 지구를 열나고, 광폭하게 만들었다. 인간들은 구원받기 더욱 어려운 지경에 이르렀다.

인간들은 그들의 눈 밖으로 똥을 쓸어내면 좋은 세상이 올 줄로 알았다. 그래서 그들은 부지런히 씻고 닦았다. 그들로부터 떠나간 것들이 강과 호수와 바다에 가득하게 되었다.

인간은 또 그들의 뱃속에 상존하고 있는 똥을 무시하려 했다. 없는 것처럼 위장하려 했다. 아무리 닦아도 닦이지 않는 원죄를 몇 조각 옷으로 가리려 했다.

놀부가 맞은 '똥벼락'을 인간 모두가 맞게 되었다. 오히려 더 심한 응보인 것 같다. 마침내 인간 세상이 똥으로 가득 찰는지도 모르겠다.

더불어 같이 살아간다는 것의 가치는 형이하학적인 것이든 형이상학적인 것이든 두루 유효한 것이다. 물질은 물질대로, 정신은 정신대로 어울려야 존재할 수가 있는 것이다.

돌아온 똥에 박수를 보내주었으면 좋겠다. 똥이 제대로 자리 잡아야 세상이 바로잡힐 것이다.

'왜 하필 똥이람.'

또 누군가는 트릿해 하겠지만 어쨌든 이제 해방되어야겠다.

똥을 버리는 것은 세상의 반을 버리는 것이다.

벽 뒤의 세상. 내 등 뒤의 세계를 버리는 것과 마찬가지다.

그것은 존재의 반을 버리는 것이다.

그렇게 함으로 가벼워진 존재를 원하는가?